Tucholsky zum Vergnügen

Tucholsky zum Vergnügen

Herausgegeben von
Stefan Neuhaus

Mit 10 Abbildungen

Philipp Reclam jun. Stuttgart

RECLAMS UNIVERSAL-BIBLIOTHEK Nr. 18806

Umschlagillustration: Nikolaus Heidelbach, Köln
Umschlaggestaltung: Eva Knoll, Stuttgart
Gesamtherstellung: Reclam, Ditzingen. Printed in Germany 2011

ISBN 978-3-15-018806-4

www.reclam.de

Inhalt

Ein Leser hats gut: er kann sich seine Schriftsteller aussuchen (9,124)

Vorwort

Georg Christoph Lichtenberg, den Tucholsky hoch schätzte, ist einer jener Schriftsteller, die im Grunde Aphoristiker sind. Als glänzende Stilisten und philosophische Köpfe können sie mit einem Satz mehr ausdrücken als andere in einem Roman. Tucholsky gehört zweifellos selbst in diese Reihe. Eine Absicht des vorliegenden Bändchens ist es, eine entsprechende Auswahl seiner geistreichen Formulierungen zu präsentieren. Nannte Lichtenberg seine Aphorismen provokativ »Sudeleien«, so begnügte sich Tucholsky bescheiden mit »Schnipsel«. Doch auch in seinen zahlreichen Artikeln, die meisten hat er für die berühmte Zeitschrift *Die Weltbühne* geschrieben, finden sich prägnante Sätze, die Schnipsel-Status verdienen. Einige wurden hier ›ausgeschnipselt‹ und den echten Schnipseln zugeordnet. Welcher andere Autor hätte es verstanden, den Realismus eines Buches (Hans Falladas *Bauern, Bonzen und Bomben*) mit einem Satz wie dem folgenden zu loben: »Es ist eine Atmosphäre der ungewaschenen Füße.« (9,169)? Seine Missachtung des Adels fasst unser Autor mit brillanter Einfachheit in einem Wortspiel zusammen: »Snoblesse oblige« (6,164).

Tucholsky ist aber nicht nur ein Meister der kleinsten Form. Er schrieb, neben seinen beiden Romanen (*Rheinsberg. Ein Bilderbuch für Verliebte* und *Schloß Gripsholm. Eine Sommergeschichte*), Reiseberichte (*Ein Pyrenäenbuch*), Minidramen, Gedichte und Essays, die auch heute noch so frisch wirken, dass man sie immer und immer wieder lesen kann. Dabei war (und ist?) er als Autor äußerst umstritten. Seine von John Heartfield bebilderte Textsammlung *Deutschland, Deutschland über alles* von 1929 »ist eine künstlerische und politische Provokation, die stets entweder heftigste Ablehnung oder begeisterte Zustimmung herausgefordert hat«, stellt Hans J. Becker noch 1978 fest.[1] Den einen gilt Tucholsky als »geistiger Historiograph der Weimarer Republik«,[2] den anderen als Querulant und, durch die Schärfe seiner Kritik an der Republik, als deren Totengräber und unfreiwilliger Wegbereiter des Nationalsozialismus. Für diese und andere Kritik, für die Position seiner späten Kritiker sei exemplarisch auf die Rezension Paul Sethes zur Neuedition des Deutschland-Buches verwiesen. Sethe bescheinigt unserem Autor »Haß«, »Bitterkeit« und »Hochmut«: »[…] das ganze Elend

1 Hans J. Becker, *Mit geballter Faust. Kurt Tucholskys »Deutschland, Deutschland über alles«*, Bonn 1978 (Abhandlungen zur Kunst-, Musik- und Literaturwissenschaft 240), S. 7.

2 So Fritz J. Raddatz, zit. nach Anton Austermann, *Kurt Tucholsky. Der Journalist und sein Publikum*, München/Zürich 1985, S. 9.

der Weimarer Republik steht wieder vor uns. Wenn wir noch nicht wußten, warum sie zugrunde gegangen ist – jetzt wissen wir es.«[3] Dabei verwechselt der Kritiker Ursache und Wirkung – die bitteren Erfahrungen des Kaiserreiches machten Tucholsky zu einem Demokraten reinsten Wassers, der die Weimarer Republik nicht kritisiert, um sie abzuschaffen, sondern um sie überhaupt erst zu einem Staat werden zu lassen, der die Bezeichnung ›Republik‹ auch verdient. Deshalb fragt Tucholsky beispielsweise 1922 mit Recht: »Was tut eigentlich die Republik für die Republik?« (3,197) 1925 heißt es dann etwas ausführlicher: »Wie begründe ich eine Republik –? Indem ich in die Ämter Republikaner setze, indem ich die republikfeindlichen Richter und Lehrer und Universitätsprofessoren und Verwaltungsbeamten entferne, indem ich nicht den ›Fachmann‹ anbete, der sich farblos gibt und reaktionär arbeitet – indem ich Republikaner schaffe« (4,93). Was man 1918 ff. versäumte, hat man dann 1945 ff. und 1989 ff. in der DDR zumindest versucht – Tucholsky hätte es gefreut (und er hätte es als kritisches Gewissen begleitet).

Sethes Artikel ist ein gutes Beispiel dafür, wie man es als Kritiker nicht machen sollte. Die Faustregel der guten Kritik hat kein anderer als Tucholsky aufge-

3 Paul Sethe, »Tucholskys tragische Irrtümer. Er hat der Sache der Menschlichkeit nichts genützt«, in: *Die Zeit* Nr. 14 vom 3. 4. 1964, S. 7.

stellt: »Sehr viel aber ist ausgesagt, wenn man Kritik als den Zusammenstoß eines Kopfes mit einem Buch ansieht; wenn es dann, nach Lichtenberg, hohl klingt: das muss nicht immer am Buch liegen. Das kann auch am Kopf liegen« (9,113). Eigentlich war Tucholsky das Gegenteil eines Vaterlandsgegners, denn er dachte kosmopolitisch. Tucholsky unterschied zwischen Nation auf der einen und Heimat auf der anderen Seite, in seinen Worten: »Das ›Vaterland‹ ist der Albdruck der Heimat« (5,243). – »Nieder mit dem Staat! Es lebe die Heimat!« (3,388)

Am 9. Januar 1890 geboren, gehört Tucholsky zu jener jungen Autorengeneration, die den Ersten Weltkrieg im Wortsinne hautnah miterlebt. 1915 wird der frischgebackene Dr. jur. zum Militär eingezogen. Wie beispielsweise Ernst Toller (1893–1939) oder Erich Kästner (1899–1974) ist auch »Tucho«, so nennen ihn seine Freunde liebevoll, nach den gemachten Erfahrungen davon überzeugt, dass Krieg niemals eine Handlungsoption darstellt und dass es zu friedlichen Lösungen von Konflikten keine Alternative gibt. »Der Mensch ist, bei Gott, nicht gut. Ihn aber dennoch anzuhalten, dass er nicht töte, auch nicht unter Schwenkung einer ethischen Fahne, scheint mir Aufgabe und Pflicht besserer Menschen« (2,435), schreibt er 1920. Tucholsky will die Menschen bessern, und deshalb ist er mit Leidenschaft Satiriker und Moralist. »Menschen haben immer Menschen

1
Start

Wir sind fünf Finger an einer Hand.

Der auf dem Titelblatt und:

Ignaz Wrobel. Peter Panter. Theobald Tiger. Kaspar Hauser.

Aus dem Dunkel sind diese Pseudonyme aufgetaucht, als Spiel gedacht, als Spiel erfunden – das war damals, als meine ersten Arbeiten in der ›*Weltbühne*‹ standen. Eine kleine Wochenschrift mag nicht viermal denselben Mann in einer Nummer haben, und so erstanden, zum Spaß, diese homunculi[1]. Sie sahen sich gedruckt, noch purzelten sie alle durcheinander; schon setzten sie sich zurecht, wurden sicherer; sehr sicher, kühn – da führten sie ihr eigenes Dasein. Pseudonyme sind wie kleine Menschen; es ist gefährlich, Namen zu erfinden, sich für jemand anders auszugeben, Namen anzulegen – ein Name lebt. Und was als Spielerei begonnen, endete als heitere Schizophrenie.

1 *homunculus:* (lat.: ›Menschlein‹) künstlicher Mensch ohne Seele.

Kurt Tucholsky

Peter Panter · Theobald Tiger · Ignaz Wrobel
Kaspar Hauser

haßt:	*liebt:*
das Militär	Knut Hamsun
die Vereinsmeierei	jeden tapferen Friedenssoldaten
Rosenkohl	schön gespitzte Bleistifte
den Mann, der immer in der Bahn die Zeitung mitliest	Kampf
Lärm und Geräusch	die Haarfarbe der Frau, die er gerade liebt
›Deutschland‹	Deutschland

An »Die Weltbühne«

den 17. Januar 1933

Liebe Weltbühne!
Hier in Basel ist in einer Vorstadtstraße ein ganz kleines Lädchen, das gehört einem alten Fräulein, darin verkauft sie Socken und baumwollene Damenstrümpfe und Leibchen und allerlei brave Stricksachen.

Weil wir nun aber die Konkurrenz der großen Warenhäuser haben und weil der Mittelstand auch leben will und weil das Leben überhaupt sehr schwer ist, so hat sich das alte Fräulein eine gradezu amerikanische Reklame ausgedacht.

In ihrem Schaufenster steht, mit Watte umrahmt, ein Schildchen. Auf dem ist zu lesen:

Das können Sie auch bei mir haben!

Dies wünscht Dir

Dein treuer, aber noch nicht gesunder
Peter Panter

Dies ist, glaube ich, die Fundamentalregel alles Seins: ›Das Leben ist gar nicht so. Es ist ganz anders.‹

Der Mensch

Der Mensch hat zwei Beine und zwei Überzeugungen: eine, wenns ihm gut geht, und eine, wenns ihm schlecht geht. Die letztere heißt Religion.

Der Mensch ist ein Wirbeltier und hat eine unsterbliche Seele, sowie auch ein Vaterland, damit er nicht zu übermütig wird.

Der Mensch wird auf natürlichem Wege hergestellt, doch empfindet er dies als unnatürlich und spricht nicht gern davon. Er wird gemacht, hingegen nicht gefragt, ob er auch gemacht werden wolle.

Der Mensch ist ein nützliches Lebewesen, weil er dazu dient, durch den Soldatentod Petroleumaktien in die Höhe zu treiben, durch den Bergmannstod den Profit der Grubenherren zu erhöhen, sowie auch Kultur, Kunst und Wissenschaft.

Der Mensch hat neben dem Trieb der Fortpflanzung und dem, zu essen und zu trinken, zwei Leidenschaften: Krach zu machen und nicht zuzuhören. Man könnte den Menschen gradezu als ein Wesen definieren, das nie zuhört. Wenn er weise ist, tut er damit recht: denn Gescheites bekommt er nur selten zu hören. Sehr gern hören Menschen: Versprechungen, Schmeicheleien, Anerkennungen und Komplimente. Bei Schmeicheleien empfiehlt es sich, immer drei Nummern gröber zu verfahren als man es grade noch für möglich hält.

Der Mensch gönnt seiner Gattung nichts, daher hat er die Gesetze erfunden. Er darf nicht, also sollen die andern auch nicht.

Um sich auf einen Menschen zu verlassen, tut man gut, sich auf ihn zu setzen; man ist dann wenigstens für diese Zeit sicher, dass er nicht davonläuft. Manche verlassen sich auch auf den Charakter.

Der Mensch zerfällt in zwei Teile:

In einen männlichen, der nicht denken will, und in einen weiblichen, der nicht denken kann. Beide haben sogenannte Gefühle: man ruft diese am sichersten dadurch hervor, dass man gewisse Nervenpunkte des Organismus in Funktion setzt. In diesen Fällen sondern manche Menschen Lyrik ab.

Der Mensch ist ein pflanzen- und fleischfressendes Wesen; auf Nordpolfahrten frisst er hier und da auch Exemplare seiner eigenen Gattung; doch wird das durch den Faschismus wieder ausgeglichen.

Der Mensch ist ein politisches Geschöpf, das am liebsten zu Klumpen geballt sein Leben verbringt. Jeder Klumpen hasst die andern Klumpen, weil sie die andern sind, und hasst die eignen, weil sie die eignen sind. Den letzteren Hass nennt man Patriotismus.

Jeder Mensch hat eine Leber, eine Milz, eine Lunge und eine Fahne; sämtliche vier Organe sind lebenswichtig. Es soll Menschen ohne Leber, ohne Milz und mit halber Lunge geben; Menschen ohne Fahne gibt es nicht.

Schwache Fortpflanzungstätigkeit facht der Mensch gern an, und dazu hat er mancherlei Mittel: den Stierkampf, das Verbrechen, den Sport und die Gerichtspflege.

Menschen miteinander gibt es nicht. Es gibt nur Menschen, die herrschen, und solche, die beherrscht werden. Doch hat noch niemand sich selber beherrscht; weil der opponierende Sklave immer mächtiger ist als der regierungssüchtige Herr. Jeder Mensch ist sich selber unterlegen.

Wenn der Mensch fühlt, dass er nicht mehr hinten hoch kann, wird er fromm und weise; er verzichtet dann auf die sauern Trauben der Welt. Dieses nennt man innere Einkehr. Die verschiedenen Altersstufen des Menschen halten einander für verschiedne Rassen: Alte haben gewöhnlich vergessen, dass sie jung gewesen sind, oder sie vergessen, dass sie alt sind, und Junge begreifen nie, dass sie alt werden können.

Der Mensch möchte nicht gern sterben, weil er nicht weiß, was dann kommt. Bildet er sich ein, es zu wissen, dann möchte er es auch nicht gern; weil er das Alte noch ein wenig mitmachen will. Ein wenig heißt hier: ewig.

Im übrigen ist der Mensch ein Lebewesen, das klopft, schlechte Musik macht und seinen Hund bellen lässt. Manchmal gibt er auch Ruhe, aber dann ist er tot.

Neben den Menschen gibt es noch Sachsen und Amerikaner, aber die haben wir noch nicht gehabt und bekommen Zoologie erst in der nächsten Klasse.

Es gibt Menschen, die sind so rechthaberisch und haben eine solche Fähigkeit, sich alles, was ihnen begegnet, zu ihren Gunsten zurechtzubiegen, dass man versucht ist, sie zu fragen: »Lieber, ist Ihnen noch nie aufgefallen, dass Sie in Ihrem Leben niemals Unrecht hatten, niemals Unrecht –?« Und sie werden hitzig antworten: »Was fällt Ihnen ein! Ich habe überhaupt nur Unrecht –!« So dickköpfig sind manche Leute. Man kann sie leicht und sofort erkennen, denn sie gehören alle demselben Volksstamm an. Es sind die andern.

Der soziologische Horizont der meisten Menschen ist klein wie der Boden einer Konservenbüchse. Sie wähnen sich im Himmel. Eine neue Gesellschaftsliteratur sollte sie aus diesen schönen Träumereien reißen und ihnen die Erde zeigen, wie sie ist. Bunt, eintönig, abwechslungsreich, bis zur tödlichsten Langeweile individuell, von uralter Frische. Aber die Herren Schriftsteller haben keine Zeit. Sie lösen Probleme, sie bekümmern sich um die außerordentlich wichtigen Modalitäten einer Fortpflanzung, sie bauen eine Nebenwelt auf. Freilich: um einer Zeit den Spiegel vorzuhalten, muss man ein guter Glasmacher sein.

Was sind schließlich Nebendinge? Unsre Lehrer nannten Münzen oder fremde Bücher so oder den Kipling, den wir unter der Bank lasen, und niemand wird sagen wollen, dass diese Dinge wirklich nur nebensächlicher Natur waren. Relativ, für die Unterrichtsstunde genommen, waren sie es. ›Draußen‹ nicht. Steht nicht im Grunde alles in einer Reihe? Sehen wir nicht vielmehr nach Graden gestaffelt? Was wir sehen, ist. Jede wahre Objektivität ist grotesk. Sieh zugleich das Nahe und das Ferne, und du lachst. (Chesterton: »Die Überreste eines klardenkenden Menschen liegen im Küchengarten.«)

Also in praxi: es geht natürlich nicht. Geburt, Leben, Tod, Liebe, Geld – immer hübsch der Reihe nach. Aber vielleicht ist das nur bei uns so. Vielleicht gibt es auch eine umgekehrte Reihenfolge.

P. S. Was ein richtiger Brief unter uns jungen Damen ist, so hat derselbe ein P. S. Nämlich: entschuldigen Sie bitte die Maschinenschrift. Aber meine Handschrift kann ich selbst nicht lesen, und daher tippe ich dergleichen gern. Nichts für ungut. Und nicht im Hinblick auf jene Geschichte von dem Buchhalter, der an seine Braut schrieb:

Ich liebe Dich leidenschaftlich

und dann unterstrich er »leidenschaftlich« zweimal mit dem Lineal.

Das Lächeln der Mona Lisa

Ich kann den Blick nicht von dir wenden.
Denn über deinem Mann vom Dienst
hängst du mit sanft verschränkten Händen
    und grienst.

Kurt Tucholsky: »Das Lächeln der Mona Lisa«

Du bist berühmt wie jener Turm von Pisa,
dein Lächeln gilt für Ironie.
Ja ... warum lacht die Mona Lisa?
Lacht sie über uns, wegen uns, trotz uns, mit uns,
gegen uns –
oder wie –?

Du lehrst uns still, was zu geschehn hat.
Weil uns dein Bildnis, Lieschen, zeigt:
Wer viel von dieser Welt gesehn hat –
der lächelt, legt die Hände auf den Bauch
und schweigt.

Alle Welt sucht

An Walt Whitman

Von oben gesehen, sieht das ungefähr so aus:

Alle gehen um einander herum und suchen.

Fressen.
Der Bär tappt nachts durch den Wald und brummt, weil er hungrig ist – er sucht ein Bienenloch oder etwas andres zur Aufplusterung seiner Speckhülle;
der Arbeitslose wickelt mit frostzitternden Händen ein zerfetztes Zeitungspapier auseinander – vielleicht ist ein angebissenes Brot darin?

der Japaner rülpst höflich und nimmt noch ein hochwohlgebornes Schüsselchen Reis – mit den Augen sucht er das minder schöne, weil er wohlerzogen ist;
der Säugling stößt ungeduldig an der Mutter Brust.

Liebe.
Der Bankprokurist schwätzt schon zwei Stunden über Picasso und überhaupt die moderne Kunst – dabei zieht er sie mit den Augen aus;
Feldwebel greifen dem Bauernmädchen unter die Röcke;
ein Herr fragt zwinkernd den Hotelportier, wo man denn hier mal repunsieren könne;
ein Weicher sucht einen Weichen;
die harrende Lehrerin bestellt ihren inzwischen erwachsenen Schüler auf Dienstag abend;
die Tänzerin wirft während des Tanzes merkwürdige Blicke in die Loge, wo die Frau des Warenhausbesitzers geschmückt strahlt;
Hans sucht Grete;
Mätzchen, der Kanarienvogel, hüpft aufgeregt auf der Stange hin und her und schlägt mit den kleinen Flügeln, er muss mal.

Geld.
Millionen strömen morgens aus den grauen, rußigen Vorortbahnhöfen in die Stadt, ihre Schritte schlur-

ren, eine Wolke von Menschendunst liegt auf ihnen;
Freunde verraten ihre Freunde, während sie suchen;
der Rentier entfaltet die Gewinnliste;
der Bettler sucht einen, der ihm glaubt, dass er blind ist;
Spieler suchen, halbirr, einen Pump unterzubringen;
der Bankier sucht fremdes Geld.

Alle suchen.

Das vom Sessel herunterrutschende Geldstück und das abstürzende Flugzeug suchen die Erde – geliebte Schwerkraft!
ein Mann sucht seinen Hund und der ihn;
meine Mama sucht ihren Schlüsselkorb;
Familien suchen eine Wohnung;
ein Verzweifelter sucht einen Grund, weshalb er auf der Welt ist.

Von oben gesehen, sieht das ungefähr so aus:

Niemand hat das, was er eigentlich braucht.

Alle Welt sucht.

Schicksalslied

Bald fehlt uns der Wein –
Bald fehlt uns der Becher.
Hebbel

Gehst du abends spät nach Hause,
nasskalt, müde nach der Klause –
musst du heimwärts hinken?
Dafür hast du keinen Faible,
und du lugst durch blauen Nebel,
wo zwei Lichter blinken.
Und da ratterts. »Holla, Kutscher!« Der sieht gar nicht hin.
Kommt schon mal ne leere Droschke – dann sitzt einer drin!

Dieses scheint mir allegorisch.
Eine liebt ich dilatorisch.
Wartete sechs Wochen.
Endlich kehrt sie heim zu Muttern.
Darf ich dich mit Liebe futtern?
Hör mein Herzlein pochen!
Doch sie lächelt. »In acht Monden bin ich Wöchnerin!«
Kommt schon mal ne leere Droschke – dann sitzt einer drin!

Neuer Chef im Amt. Wie ist er?
Kabinettssturz. Die Minister
  gehen, kommen, wechseln.
Heut auf schwarz-weiß-roten Kissen,
morgen durch die Brust geschossen –
  Laß sie Noten drechseln!
Dies, mein Sohn, in einem Satze ist des Lebens
    Sinn:
Kommt schon mal ne leere Droschke – dann sitzt
    einer drin!

Herr Wendriner beerdigt einen

»Grässlich, so 'n feuchter Regentag! Haben Sie Ihren Schirm? Ich nehm immer 'n Schirm mit. Schrecklich, die arme Frau. Ich hab ihn noch gekannt, wie er in der Alexanderstraße seinen kleinen Laden gehabt hat – ein grundanständiger Mann. Nu – die Frau ist versorgt, der Mann hinterlässt mindestens seine achtmalhunderttausend. Ich weiß nicht: ich hab ihn immer gern gehabt. Noch vor zwei Monaten haben wir über Gruschwitz Textil gesprochen, ich hab ihm den Tip gegeben, da hat er nebbich noch zweitausend dran verdient! Ich kann Weißensee schon nicht mehr sehn. Sehr gut hat der Doktor Schwarz gesprochen, ein ausgezeichneter Redner. Die? Das ist eine angeheiratete Kusine von seiner Frau, näher kenn ich sie auch nicht. Nu drehn Sie sich doch bloß mal um! Eine Geschmacklosigkeit, so zur Beerdigung zu kommen. Das ist doch hier keine Premiere. Da ham Se recht – eigentlich is es ja doch eine … Hier weiter drüben liegt ein alter Onkel von mir, an den muss ich so oft denken, der hat immer gesagt: Ich wünsch dir, dass du nie so von der Börse kommst, wie du hingegangen bist! Recht hat der Mann gehabt. Diese Flaute ist was Fürchterliches. Ja. Haben Sie übrigens gehört, Esmarch und Ehrmann vergrößern ihr Kapital? Sehr gute Leute – können Sie sagn, was Se wolln. Entschuldigen Sie! Jetzt hab ich meinem Vordermann schon zweimal auf die Hacken getreten. Es ist aber auch eine kolossale Beteiligung. Kalt is. Ich wer mir noch wer weiß was holen. Aber ich habs mir nich nehmen lassen, zu kommen. Meine Frau hab ich zu Hause gelassen. Sie regt sich immer so auf. Beerdigungen sind nichts für Frauen. Außerdem hat sie heute Anprobe bei der Schneiderin. Sie waren doch neulich in Chemnitz? Sagen Sie mal, haben Sie da den kleinen Steinitz nicht gesehn? Der hat doch in eine Strumpffabrik reingeheiratet, sehr fixer Junge. Schade – ich hätt gern gewusst, was aus dem geworden ist. Ich arbeite gern mit Sachsen – die Leute gehn mit der Zeit mit. Ssss! Nicht so laut! Ach so, der Alte ist schwerhörig! Soll er nicht auf den Kirchhof gehn – es gehört sich nicht, so laut hier zu reden. Haben wir uns nicht schon mal hier getroffen? Komisch, immer treffen wir uns hier – das ganze Jahr sieht man sich nicht, und dann muss man sich hier treffen. Haben Sie Ihr Auto warten lassen? Ich hab mein Auto warten lassen – man kriegt hier draußen keins. Na, solls schon kosten. Meine Handschuhe sind ein bisschen kaputt – man merkts gar nicht, man trägt sie doch sonst nicht … Wissen Sie, ich hab immer zu meiner Frau gesagt: Bei meiner Beerdigung möcht ich am liebsten keine Beteiligung haben. Musik, ein schönes Quartett, und weiter gar nichts. Sie auch? Nein. Und so schnell, nicht wahr? Vorvorige Woche war er noch auf der Börse und hat Witze gemacht. Sie haben sofort einen Spezialisten zugezogen, aber es war nichts mehr zu machen. Vernachlässigt, wahrscheinlich. Man müsst mehr Diät halten. Ich hab ihn immer sehr gern gehabt. Auf mich hat er zählen können. Was ist da vorn? Warum geht das nicht weiter? Was warten die? Ach so, die Träger haben abgesetzt. Na – wissen Sie, von mir aus kanns nu weitergehn. Ich hab schließlich noch was andres zu tun, in der Stadt. Man hat doch seine Zeit nicht gestohlen. Skandal, diese Warterei! Na, endlich …! Mein Schwager hat übermorgen Geburtstag, wollen Sie ein Stündchen zu uns kommen? Ganz einfach, zum Butterbrot … Schefflers kommen auch. Da können Sie ja gleich mal die Sache wegen der Anilin mit ihm besprechen. Meines Erachtens liegt die Sache wesentlich günstiger, als Sie glauben. Es klärt sich wieder auf. Ich bin doch nicht warm genug angezogen. Wissen Sie, wenn man das alles hier so sieht, die Steine und die Kränze – ich frag mich so oft: die Aufregungen und die Arbeit und die Kalkulationen – für wen ist das eigentlich alles? Man tuts doch nur für seine Familie. Zum Schluss liegt man hier und ist nicht mehr da. Meinen Zylinder hab ich schon zwölf Jahre. Fahren wir nachher zusammen zurück? Bezahlen Sie doch Ihren Wagen – natürlich kriegt der Mann hier eine neue Fuhre! Wir können uns ja teilen – das ist vorteilhafter. Gehen Sie nachher noch zu der Frau? Ich auch nicht. Da sind wir. Gehen Sie ans Grab? Man muss ans Grab gehn, glaub ich. Ziehn Sie Ihre Handschuhe an – man macht sich die Finger so schmutzig am Sand. Vor uns sind ja noch so viele – wir haben noch Zeit. Neulich, wie der Eisner gestorben ist, wissen Sie, der von Eisner & Eisner, hat seine Nichte drei Tage lang nichts gegessen. Ich finde das übertrieben. Erinnern Sie mich, dass ich Ihnen nachher den Witz mit dem Ochsen im Schaufenster erzähle – großartig. Ach wissen Sie, wenn ich nicht schlafen kann – ich kann manchmal nicht schlafen, ich nehm Brom, nehmen Sie auch Brom? –, dann sage ich mir immer das eine:

Nur lebendig soll man sein!«

Der felsenfeste Glaube, mit dem sich jeder Autor eines Durchfalls auf die Nachwelt beruft, hat etwas Rührendes: der Fuß stiefelt in dicken Pfützen, aber das Auge sieht mit kälbernem Ausdruck in die Sterne einer neuen Zeit. So ist es immer gewesen.

Nie wird es einem gesunden Menschen einfallen, sich etwa nach einer ausgezischten Premiere auf die Vorwelt zu berufen – und täte ers, so schämte er sich vor sich selbst. So unverrückbar ist in jeden Mitteleuropäer der Glaube an den Fortschritt eingehämmert. Immerhin hat die Rechnung doch ein Loch. Wir, wir selbst, sind Nachwelt, Nachkommen, achtzehnte Generation, nächstes Jahrhundert. Und was tun wir –?

Sind wir Calvinisten oder Anticalvinisten? Haben wir uns für Wallenstein oder gegen ihn entschieden? Tobt bei uns ein erbitterter Streit über Lavaters Physiognomik?

Weltfragen werden nicht beantwortet, sondern vergessen. Große Probleme werden nicht entschieden, sondern liegengelassen. Für einen erwachenden Toten dürfte es schwierig sein, sich in der neuen Umwelt von heute herauszufinden: vergeblich suchte er die alten Parteien, das alte Feldgeschrei, die alten Gruppen. Wohl sieht er welche – aber es sind andere, er versteht sie nicht mehr.

Und wir können ihn auch nicht mehr verstehen –

denn was wissen wir von seiner Zeit? – Was ist uns denn überkommen. Es ist ein schwerer Irrtum, zu glauben, dass sich das Wertvollste erhält oder dass das Wertvolle nach Jahrhunderten zu neuem Leben und endgültiger Wirkung auftaucht. Erhalten bleibt: wer am lautesten geschrien hat. Oder: was man später noch einmal gut brauchen kann, als Flicken, willkommenen Zeugen, neu aufzunehmendes Fridericus-Schlagwort. Erhalten bleibt alles durcheinander: ein Tagestrottel, ein Talent, vielleicht das Genie, viele gute Mittelstandsleute. Erhalten zu bleiben ist kein Zeichen von Wert.

Wir leben in einer günstigen Zeit: wir können genau kontrollieren, was ›Unsterblichkeit‹ ist. Wir können kontrollieren, wie wir auf die Nachwelt kommen; die ersten Ansätze zur Geschichtsschreibung der Jahre 1914–1920 sind vorhanden. Man lese nun einmal diese verlogenen Schilderungen, diese parteilichen Fälschungen, die ganze würdige Statistik und Archivwissenschaft, die sechzig Jahre später unbesehen und fast ungeprüft übernommen werden wird. Wer hat von den Forschern Zeit, Gelegenheit, Möglichkeit und Geld, sich darum zu kümmern, wie solche offiziellen Berichte zustande gekommen sind? Wer Philologie und Geschichte studiert hat, weiß, wie da immer einer auf den andern aufgebaut hat, wie dieselbe Lüge, derselbe Fehler sich durch zehn Werke hindurchziehen – unabsetzbar, unverbesserbar, als ›Material‹. Wir kommen würdig auf die Nachwelt, durch Retouchen derart zugerichtet, dass wir uns schon heute nicht mehr erkennen und dem bärtigen Geschichts- und Geschichtenschreiber dauernd zurufen mögen: »Nein! So war es ja gar nicht! Schwindel!« schon heute ist das schwer. Wir sterben. Der Wälzer bleibt in den Bibliotheken liegen. Und lebt.

»Noch mit Schauer werden sich Generationen nach Ihnen erzählen …« Ach, erzähl uns doch nichts. Das Verhältnis der Nachwelt zur Vorwelt ist ziemlich respektlos: bei Parlamentseröffnungen, bei Denkmalsweihen und Schulaufsätzen erinnert sich der Gehrock wohl gern der ›Unsterblichkeit‹ – im großen und ganzen ist jede Nachwelt viel zu sehr mit sich selbst beschäftigt, als dass sie Zeit und Lust verspürte, nun auch die Sorgen der Gräberinsassen auf sich zu laden. Haben Sie einmal die alten Jahrgänge der ›*Vossischen Zeitung*‹ gelesen? Sie sollten das nicht versäumen. Jede Zeit ist in sich befangen – die verständliche Gier, dieses eine Mal voll auszukosten, diese souveräne Verachtung der Vorwelt, die völlige Gleichgültigkeit gegen alles, was gewesen, – treiben wirs nicht geradeso –? Wir wären schön weise, wenn wirs anders machten. Nur manchmal, an Klassikerabenden oder zur Konfirmation oder bei der Einführung eines neuen Steuergesetzes, da haben wirs mit der Nachwelt, dass es nur so hallt. »Die Nachwelt wird …« – »Die Nachwelt hat …« Sie wird euch was blasen.

Es gibt noch fünfzig Schriftsteller vom Range Wielands – die sind vergessen. Es gibt noch zwanzig chinesische Napoleons – die kennen wir nicht. Noch acht Edisons – sie besaßen keinen Patentmusterschutz. Walther von der Vogelweide hatte neben allem andern: Glück. In dem großen Papierkorb der Vergangenheit kam er obenauf zu liegen, und da liegt er nun – bis auf weiteres.

Werke leben. Und zeugen Kinder. Und dass französische Emigranten einmal nach Berlin gekommen sind, zeigt heute noch manch Wohnungsschild, manches Buch, manche Frauengrazie (und der ganze Fontane). Ein Werk tun, die Welt ändern, mit den Beinen auf der Erde stehen und diesseitig sein – das kann eine anonyme Unsterblichkeit ergeben. Aber schiele nicht nach vorn – da ist für dich nichts zu holen. Als vielleicht ein bisschen Denkmalsstuck oder eine Doktordissertation. In fünfzig Jahren ist alles vorbei – und spätestens in hundert. Unsterblichkeit …? Glaubs nicht. Schwör sie ab. Lass sie unsterblich werden, alle miteinander. Für dich gibt es nur ein Wort, wenn du weise bist, es richtig auszusprechen.

Heute.

Ideal und Wirklichkeit

In stiller Nacht und monogamen Betten
denkst du dir aus, was dir am Leben fehlt.
Die Nerven knistern. Wenn wir das doch
hätten,
was uns, weil es nicht da ist, leise quält.
Du präparierst dir im Gedankengange
das, was du willst – und nachher kriegst dus
nie …
Man möchte immer eine große Lange,
und dann bekommt man eine kleine Dicke –
C'est la vie –!

Sie muss sich wie in einem Kugellager
in ihren Hüften biegen, groß und blond.
Ein Pfund zu wenig – und sie wäre mager,
wer je in diesen Haaren sich gesonnt …
Nachher erliegst du dem verfluchten Hange,
der Eile und der Phantasie.
Man möchte immer eine große Lange,
und dann bekommt man eine kleine Dicke –
Ssälawih –!

Man möchte eine helle Pfeife kaufen
und kauft die dunkle – andere sind nicht da.
Man möchte jeden Morgen dauerlaufen
Und tut es nicht. Beinah … beinah …

Wir dachten unter kaiserlichem Zwange
an eine Republik … und nun ists die!
Man möchte immer eine große Lange,
und dann bekommt man eine kleine Dicke –
Ssälawih –!

Schepplin

Du latscht uff deine jroßen Botten
in Kino durch de janze Welt.
Bei Weiße und bei Hottentotten …
wat hast du alles anjestellt!
Du kommst so an … Der jreeste Recke
valiert trotz seine Niedertracht.
Du kiekst bloß eenmal um de Ecke,
un alles lacht.

Du schmierst se Flammri in Zylinder,
loofst durch de Beene von Pochtier;
du bist so nett zu kleene Kinder,
schmeißt Damens Eis ins Dekollteh.
Denn jehste hin un feifst ein Liedchen,
als hättste weita nischt jemacht.
Und wer dir sieht mit dein Hietchen –:
der lacht.

Vor dir hat jeda schon jesessen.
Trotz Koppweh, Ärja, Not un Schmerz …
Vor dir hat jeda det vajessn.
Ick wer da sahrn: du hast Herz!
  Du machst, det die vanimftjen Knaben,
  bloß, weil du da bist, Unrecht haben.
    Und tragen se dir mit Jebimmel
    (noch lange nich!) in dunkle Nacht –:
    denn sieht dir Jott in sein Himmel
    steht uff
            un lacht.

III

Die Familie

> Die Griechen, die so gut wußten, was ein Freund ist, haben die Verwandten mit einem Ausdruck bezeichnet, welcher der Superlativ des Wortes ›Freund‹ ist. Dies bleibt mir unerklärlich.
>
> Friedrich Nietzsche

Als Gott am sechsten Schöpfungstage alles ansah, was er gemacht hatte, war zwar alles gut, aber dafür war auch die Familie noch nicht da. Der verfrühte Optimismus rächte sich, und die Sehnsucht des Menschengeschlechtes nach dem Paradiese ist hauptsächlich als der glühende Wunsch aufzufassen, einmal, nur ein einziges Mal friedlich ohne Familie dahinleben zu dürfen. Was ist die Familie?

Die Familie (familia domestica communis, die gemeine Hausfamilie) kommt in Mitteleuropa wild vor und verharrt gewöhnlich in diesem Zustande. Sie besteht aus einer Ansammlung vieler Menschen verschiedenen Geschlechts, die ihre Hauptaufgabe darin erblicken, ihre Nasen in deine Angelegenheiten zu stecken. Wenn die Familie größeren Umfang erreicht hat, nennt man sie ›Verwandtschaft‹ (siehe im

Wörterbuch unter M). Die Familie erscheint meist zu scheußlichen Klumpen geballt und würde bei Aufständen dauernd Gefahr laufen, erschossen zu werden, weil sie grundsätzlich nicht auseinandergeht. Die Familie ist sich in der Regel heftig zum Ekel. Die Familienzugehörigkeit befördert einen Krankheitskeim, der weit verbreitet ist: alle Mitglieder der Innung nehmen dauernd übel. Jene Tante, die auf dem berühmten Sofa saß, ist eine Geschichtsfälschung: denn erstens sitzt eine Tante niemals allein, und zweitens nimmt sie immer übel – nicht nur auf dem Sofa: im Sitzen, im Stehen, im Liegen und auf der Untergrundbahn.

Die Familie weiß voneinander alles: wann Karlchen die Masern gehabt hat, wie Inge mit ihrem Schneider zufrieden ist, wann Erna den Elektrotechniker heiraten wird, und dass Jenny nach der letzten Auseinandersetzung nun endgültig mit ihrem Mann zusammenbleiben wird. Derartige Nachrichten pflanzen sich vormittags zwischen elf und eins durch das wehrlose Telefon fort. Die Familie weiß alles, missbilligt es aber grundsätzlich. Andere wilde Indianerstämme leben entweder auf den Kriegsfüßen oder rauchen eine Friedenszigarre: die Familie kann gleichzeitig beides.

[…]

Hat die Familie aber den Fremdling erst einmal in ihren Schoß aufgenommen, dann legt sich die große

Kurt Tucholsky als Schüler, Stettin 1896

Hand der Sippe auch auf diesen Scheitel. Auch das neue Mitglied muss auf dem Altar der Verwandtschaft opfern; kein Feiertag, der nicht der Familie gehört! Alle fluchen, keiner tuts gern – aber Gnade Gott, wenn einer fehlte! Und seufzend beugt sich alles unter das bittere Joch …

Dabei führt das ›gesellige Beisammensein‹ der Familie meistens zu einem Krach. In ihren Umgangsformen herrscht jener sauersüße Ton vor, der am besten mit einer Sommernachmittagsstimmung kurz nach einem Gewitter zu vergleichen ist. Was aber die Gemütlichkeit nicht hindert. […]

Man ist sich sehr nah. Nie würde es ein fremder Mensch wagen, dir so nah auf den Leib zu rücken, wie die Kusine deiner Schwägerin, a conto der Verwandtschaft. Nannten die alten Griechen ihre Verwandten die ›Allerliebsten‹? Die ganze junge Welt von heute nennt sie anders. Und leidet unter der Familie. Und gründet später selbst eine und wird dann grade so.

Es gibt kein Familienmitglied, das ein anderes Familienmitglied jemals ernst nimmt. Hätte Goethe eine alte Tante gehabt, sie wäre sicherlich nach Weimar gekommen, um zu sehen, was der Junge macht, hätte ihrem Pompadour etwas Cachou[1] entnommen und wäre schließlich durch und durch beleidigt wie-

1 *Pompadour*: Damenhandtasche. *Cachou*: Hustenpastille.

der abgefahren. Goethe hat aber solche Tanten nicht gehabt, sondern seine Ruhe – und auf diese Weise ist der ›*Faust*‹ entstanden. Die Tante hätte ihn übertrieben gefunden.

Zu Geburtstagen empfiehlt es sich, der Familie etwas zu schenken. Viel Zweck hat das übrigens nicht; sie tauscht regelmäßig alles wieder um.

Irgendeine Möglichkeit, sich der Familie zu entziehen, gibt es nicht.

An das Baby

Alle stehn um dich herum:
Fotograf und Mutti
und ein Kasten, schwarz und stumm,
Felix, Tante Putti …
  Sie wackeln mit dem Schlüsselbund,
  fröhlich quietscht ein Gummihund.
  »Baby, lach mal!« ruft Mama.
  »Guck«, ruft Tante, »eiala!«
Aber du, mein kleiner Mann,
siehst dir die Gesellschaft an …
Na, und dann – was meinste?
                    Weinste.

Später stehn um dich herum
Vaterland und Fahnen;
Kirche, Ministerium,
Welsche und Germanen.
  Jeder stiert nur unverwandt
  auf das eigne kleine Land.
  Jeder kräht auf seinem Mist,
  weiß genau, was Wahrheit ist.
Aber du, mein guter Mann,
siehst dir die Gesellschaft an …
Na, und dann – was machste?
Lachste.

IV

Der wilde Affentanz der Geschlechter

Der wilde Affentanz der Geschlechter zieht vorüber, in allen, sagen wir, Lagen des menschlichen Lebens, in allen Situationen mit den wenigen nur denkbaren Abwechslungen, die einem der liebe Gott beschert hat. Du bist auch darin, lieber Staatsanwalt. Du stehst vor einem großen Bild in der Ausstellung und misst an einem gewaltigen Schinken den Popo, auf dass er ja nicht das Maß Deiner Sittlichkeit überschreite. Und wenn ich mir den ganzen Phall betrachte, die alten Jungfern, die danach gieren, und die alten Kerle, die danach gieren, und die jungen Dinger, die viel, viel mehr von der Sache verstehen, als man ihnen ansieht, und all das lächerliche Gekrampfe, all den Lärm, der um diesen einen Eierkuchen gemacht wird, dann muss ich schon sagen: Es geht nirgends so merkwürdig zu wie auf der Welt.

An ihr

Auf deinen großen Füßen, Ernestine,
Führ ich dich auf den neuen Presseball.
Du trägst Chiffon. Und deine Fragemiene
Ist überall.

»Der Legationsrat?« – Ja, mein Kind, das ist er!
»Du, der da? mit dem goldenen Knopflochdings?
Und, Theo, wo – wo tanzt der Herr Minister?«
Von rechts nach links.

»Und, Theo, ist die Presse auch am Platze?«
Ja, Kind – der Handelsteil steht am Balkon.
Da die Kritik – und der da, mit der Glatze –
Das ist das Feuilleton!

»Und, Theo, kommt der Film auch in den Saal hin?
Auf Conny Veidt bin ich ganz scharf und toll!«
Pst! Nicht so laut! Da steht doch die Gemahlin:
Die Gussy Holl!

So muss ich dich belehren, liebste Perle.
Und voller Neugier siehst du manch Gesicht.
Ach, Ernestine – du liebst lauter fremde Kerle –
Nur Tigern nicht.

»Bist du verheiratet?« fragte die Prinzessin. »Na, das hat noch gefehlt!« – »Alte«, sagte ich. »Nein, wir Landstreicher, wir sind ja nicht verheiratet. Und wenn wir es wären … Fünf Wochen, das ginge gut, wie? Ohne ein Wölkchen. Kein Krach, keine Propp-leme, keine Geschichten. Fünf Wochen sind nicht fünf Jahre. Wo sind unsre Kümmernisse?« – »Wir haben sie in der Gepäckaufbewahrungsstelle abgegeben … das kann man machen«, sagte die Prinzessin. »Für fünf Wochen«, sagte ich. »Für fünf Wochen geht manches gut, da geht alles gut.« Ja … vertraut, aber nicht gelangweilt; neu und doch nicht zu neu – frisch und doch nicht ungewohnt: scheinbar unverändert lief das Leben dahin … Die Hitze der ersten Tage war vorbei, und die Lauheit der langen Jahre war noch nicht da. Haben wir Angst vor dem Gefühl? Manchmal, vor seiner Form. Kurzes Glück kann jeder. Und kurzes Glück: es ist wohl kein andres denkbar, hienieden.

In der Ehe pflegt gewöhnlich immer einer der Dumme zu sein. Nur wenn zwei Dumme heiraten –: das kann mitunter gut gehn.

Zeugung

Die biochemischen Vorgänge sind bekannt.

Wenn die Igel in der Abendstunde

Für achtstimmigen Männerchor

Wenn die Igel in der Abendstunde
still nach ihren Mäusen gehn,
hing auch ich verzückt an deinem Munde,
und es war um mich geschehn –
    Anna-Luise –!

Dein Papa ist kühn und Geometer,
er hat zwei Kanarienvögelein;
auf den Sonnabend aber geht er
gern zum Pilsner in'n Gesangverein –
    Anna-Luise –!

Sagt' ich: »Wirst die meine du in Bälde?«,
blicktest du voll süßer Träumerei
auf das grüne Vandervelde,
und du dachtest dir dein Teil dabei,
    Anna-Luise –!

Und du gabst dich mir im Unterholze
einmal hin und einmal her,
und du fragtest mich mit deutschem Stolze,
ob ich auch im Krieg gewesen wär …
    Anna-Luise –!

Ach, ich habe dich ja so belogen!
Hab gesagt, mir wär ein Kreuz von Eisen wert,
als Gefreiter wär ich ausgezogen,
und als Hauptmann wär ich heimgekehrt –
Anna-Luise –!

Als wir standen bei der Eberesche,
wo der Kronprinz einst gepflanzet hat,
raschelte ganz leise deine Wäsche,
und du strichst dir deine Röcke glatt,
Anna-Luise –!

Möchtest nie wo andershin du strichen!
Siehst du dort die ersten Sterne gehn?
Habe Dank für alle unvergesserlichen
Stunden und auf Wiedersehn!
Anna-Luise –!

Denn der schönste Platz, der hier auf Erden mein,
das ist Heidelberg in Wien am Rhein, Seemannslos.
Keine, die wie du die Flöte bliese ...!
Lebe wohl! Leb wohl.
Anna-Luise –!

Danach

Es wird nach einem happy end
im Film jewöhnlich abjeblendt.
  Man sieht bloß noch in ihre Lippen
  den Helden seinen Schnurrbart stippen –
  da hat sie nu den Schentelmen.
    Na, un denn –?

Denn jehn die beeden brav ins Bett.
Na ja … diss is ja auch janz nett.
  A manchmal möcht man doch jern wissn:
  Wat tun se, wenn se sich nich kissn?
  Die könn ja doch nich imma penn …!
    Na, un denn –?

Denn säuselt im Kamin der Wind.
Denn kricht det junge Paar 'n Kind.
  Denn kocht sie Milch. Die Milch looft üba.
  Denn macht er Krach. Denn weent sie drüba.
  Denn wolln sich beede jänzlich trenn …
  Na, un denn –?

Denn is det Kind nich uffn Damm.
Denn bleihm die beeden doch zesamm.
  Denn quäln se sich noch manche Jahre.
  Er will noch wat mit blonde Haare:
  vorn doof und hinten minorenn …
  Na, un denn –?

Denn sind se alt.
Der Sohn haut ab.
Der Olle macht nu ooch bald schlapp.
Vajessen Kuss und Schnurrbartzeit –
Ach, Menschenskind, wie liecht det weit!
Wie der noch scharf uff Muttern war,
det is schon beinah nich mehr wahr!
Der olle Mann denkt so zurück:
wat hat er nu von seinen Jlück?
Die Ehe war zum jrößten Teile
vabrühte Milch un Langeweile.
Und darum wird beim happy end
im Film jewöhnlich abjeblendt.

V

Reich der Wissenschaft

Professoren

Er ging durch alte Winkelgässchen,
im schlappen Hut, in faltigem Rock.
Ein kleines Bäuchlein wie ein Fässchen
… nicht jung mehr … graues Stirngelock …
  Vergaß er auch sein Regendach,
  man raunte: »Der versteht sein Fach!«
Ein stilles, manchmal tiefes Gewässer:
  der alte Professor.

Und heut? Im lauten Weltgebrause
bewegt sich der Privatdozent.
Er redet in und außerm Hause
von Politik mit viel Talent.
  Beziehungen zur Industrie
  sind sehr beliebt, drum hat man sie.
Wild fuchtelnd fordert den Krieg bis aufs Messer
  der neue Professor.

Man sagt, weltfremd sei er gewesen.
Wie sind sie heute so gewandt!
Man sagt: er konnte nichts als lesen.
Wie wäscht sich heute Hand und Hand!

Der lehrt nicht mehr. Der propagiert.
Und wer erzieht den, der studiert?
Ich kann mir nicht helfen, er war doch viel besser:
der alte, deutsche, zerstreute Professor.

Gallettiana

Südamerika ist krumm.
Joh. Aug. Galletti (1750–1828)

Beschäftigt mit meinem Werk: ›Die Hämorrhoiden in der Geschichte des preußischen Königshauses‹, blätterte ich neulich versonnen in einem Katalog der Staatsbibliothek. Da ist eine freundliche Arbeit. Schon nach vier Seiten hat mein geübtes Philologengehirn vergessen, wozu ich eigentlich hergekommen bin, und strahlend versenke ich mich in das Meer von Geschreibsel. Einmal bin ich auch auf mich selber gestoßen. – Es gibt den Ausspruch eines hannoverschen Bauern, der den dummen Streichen der Studiker zusieht: »Wat se all maket, die Studenten!« Wat se wirklich all maket ... Wenn die Deutschen keine Geschäftsordnungsdebatten abhalten, scheinen sie Bücher geschrieben zu haben. Hier ist es schön still, in der Bibliothek. Draußen klingeln die Bahnen: hier muffeln kurzsichtige Professoren in dicken Wälzern, freundliche, wenn auch großfüßige Mädchen laufen hin und her, die Bibliothekare sehen sauer aus, als sollten sie alle Studenten, die nicht Bescheid wissen, auffressen – eine Insel der Seligen.

Und wie ich da so blättere, stoße ich auf *Gallettiana*. Was ist das? Wer ist Galletti? Ein Druckfehler für Valetti? Ich bat um das Buch.

Das Buch heißt so: *Gallettiana. Unfreiwillige Komik in Aussprüchen des Professors Joh. G. Aug. Galletti. Mit einem Bildnis Gallettis.*

Dieser Galletti war Professor am Gothaer Gymnasium, und seine bei ihm geblüht habenden Kathederblüten sind in dem Büchelchen gesammelt. Es ist herrlich.

Wissen Sie noch? Wir saßen da, ließen langsam, aber sorgfältig eine lange Bahn Tinte die Bank herunterlaufen und bohrten zwischendurch ernsthaft in der Nase. Es war zum Sterben langweilig. Anstandshalber konnte man nicht immerzu nach der Uhr sehen. Fünf Minuten vor halb – das war ein Schicksalswort. Bring die ältesten deutschen Männer auf ihre Schulzeit zu sprechen, und du wirst in den meisten Fällen ein Wachsfigurenkabinett verschrullter Tröpfe vorgeführt bekommen, die übrigens jetzt so sachte aussterben; die von heute sind farbloser. Aber wir wollen nicht vom deutschen Schulmeister sprechen – sondern von Galletti. Von Galletti, den wir alle gekannt haben, weil in jeder Schule einer gewesen ist. Dieser war so:

Er liebte die überraschenden Dicta. »Gotha ist säbelförmig gebaut.« Bumm. Das weiß man doch. Und man sieht ordentlich das Surren, das durch die Klasse geht, wenn das Gehirn da vorn überlief und folgendes zutage förderte: »Als Humboldt den Chimborasso bestieg, war die Luft so dünn, dass er nicht mehr ohne Brille lesen konnte.« Das sind gar keine Witze mehr – das ist wirklich die Luft dieser Schulstuben, die übrigens am besten in jener deutschen Humoreske ›Der Besuch im Karzer‹ eingefangen ist – neben der *Meyerias* ein Meisterstück dieses Genres. Und darauf wieder Galletti: »Die Afghanen sind ein sehr gebirgiges Volk.«

Er macht nicht nur die üblichen Schwupper – es sind mitunter geradezu nestroyhafte Sätze, die jener von sich gegeben hat. »Die Zimmern und Teutonen stammen eigentlich voneinander ab.« Mit Recht. Und besonders hübsch, wenn sich Papierdeutsch mit einer falschen Vorstellung mischt: »Karlmann verwechselte das Zeitliche mit dem Geistlichen und starb.« Man kann es nicht kürzer sagen. Und sollte dieses hier Ironie sein: »Maria Theresia hatte bei ihrer Thronbesteigung viele Feinde: die Preußen, die Russen und die Österreicher«? Nein, er ist sicherlich ein unpolitischer Untertan gewesen, der Professor Galletti, so, wie ihn die Regierung brauchte, und nichts wird ihm ferner gelegen haben als ein Spaß, den er sich niemals mit so ernsthaften Dingen zu machen erlaubt hätte. Hier gehts bei weitem nicht so tief wie bei dem, was die Lehrer an dem einzigen Schulvormittag Hanno Buddenbrooks sagen, jenem Vormittag, darin die ganze deutsche Schule eingefangen ist – hier schlägt nur einer Kobolz. Und da hörten sicherlich die frechsten Ruhestörer auf, Klamauk zu machen. Weil sie lachen mussten.

»Maximilian der Erste hatte die Hoffnung, den Thron auf seinem Haupt zu sehen.« Er wollte natürlich sagen: sich auf die Krone zu setzen; aber man kann sich irren. »Sie kriegten den Grumbach her, rissen ihm das Herz aus dem Leibe, schlugen es ihm um den Kopf und ließen ihn laufen.« Und das wird nur noch von der unbestreitbaren Weisheit übertroffen: »Wäre Caesar nicht über den Rubikon gegangen, so lässt sich gar nicht absehen, wohin er noch gekommen wäre.« Bei Gott: so war es.

Und abgesehen davon, dass es manchmal etwas wild hergeht: »Erst tötete Julianus sich, dann seinen Vater und dann sich« und: »Richard der Dritte ließ alle seine Nachfolger hinrichten« – am schönsten strahlt doch der »gewaltige Leuhrer« (so nannte sich unser Professor Michaelis immer und wir ihn auch, und Gott segne ihn, wenn er dieses hier liest!), am stärksten manifestiert sich das Gestirn Galletti, wenn er persönlich wird. Das ist gar nicht zu übertreffen.

»Der Lehrer hat immer recht, auch wenn er unrecht hat.« Lachen Sie nicht: das glaubt jeder preußische Schulrat – und so sieht er auch aus. »Als ich Sie von fern sah, Herr Hofrat Ettinger, glaubte ich, Sie wären Ihr Bruder, der Buchhändler Ettinger, als Sie jedoch näher kamen, sah ich, dass Sie es selbst sind – und jetzt sehe ich nun, dass Sie doch Ihr Herr Bruder sind!« Na, Onkel Shakespeare? »Ich bin so müde, dass ein Bein das andere nicht sieht.« Na, Onkel Nestroy? Und dann, ganz Pallenbergisch: »Ich statuiere mit Kant nicht mehr als zwei Kategorien unseres Denkvermögens, nämlich Zaum und Reit – ich wollte sagen: Raut und Zeim.« Und wenn dann die Klasse nur noch röchelt, dann fügte er hinzu: »Ich, der Herr Professor Uckert und ich – wir drei machten eine Reise«, und dann prustete wohl selbst der Primus seine Bank voll. Bis der Lehrer aufstand, sagte: »Nächsten Dienstag ist Äquator«, und das Lokal verließ.

Gewiss blühten in dem Tintengärtlein auch Kathederblüten. »Bei den Israeliten waren die Heuschrecken, was bei uns der Hafer ist« – das ist eine. Auch: »In Nürnberg werden viele Spielsachen verfertigt, unter anderen auch Juden« – eine tiefe Weisheit. Aber er war doch ein Philosoph, der Herr Professor Galletti. »Das Schwein führt seinen Namen mit Recht – denn es ist ein sehr unreinliches Tier.« Heiliger Mauthner, was sagst du nun? Dass das schon bei dem großen Lichtenberg steht –? Und wirklich erledigend ist dieser Ausspruch: »Die Gans ist das dümmste Tier; denn sie frisst nur so lange, als sie etwas findet.«

Ja, so war das. Natürlich hat das mit den richtigen Büchern von der Schule nichts zu tun: nichts mit meinem Lieblingsbuch Philippe Monniers: *Blaise, der Gymnasiast* nichts mit jener Schulgeschichte Heinrich Manns, nichts mit Freund Hein, nichts mit Hermann Hesse – dieser Galletti ist nur ein Stückchen Menschen-Original gewesen.

Entschuldigen Sie, dass ich Sie aufgehalten habe. Sie werden zu tun haben – nein, bitte, lassen Sie sich nicht stören. »Die Berliner«, habe ich neulich zu meiner größten Freude bei Alfred Polgar gelesen, »sind alle intensiv mit ihrer Beschäftigung beschäftigt.« Sie sicherlich desgleichen.

Und auch ich muss gehen. Ich werde schleunigst von diesen ›fremden Dingen‹, von diesen Allotriis abstehen und zu meiner ernsthaften Arbeit zurückkehren. Zu den Hämorrhoiden und ihren Hohenzollern. Ein Thema, wert, dass es behandelt werde. Denn wohinein steckt der deutsche Historiker am liebsten seine Nase –?

Auf Wiedersehen.

Merkwürdig ist das, wenn der Leib da liegt und ein reger Verkehr im Organismus vor sich geht: die Milz klingelt bei der Leber an, wie es ihr denn gehe; das Reichsmagenamt teilt Pepsin aus; in den Krampfadern findet eine Betriebsversammlung statt (»Die

Abschaffung der Krampfadern würde die Brotlosmachung von Tausenden von Arbeitern bedeuten ...«); in der Abteilung Herz sind kleine Unregelmäßigkeiten zu verzeichnen, offenbar ist dieses Herz unter dem Zeichen des Phöbus geboren ... die Nasenscheidewand regelt den Verkehr, und in der Speiseröhre geht ein landfremdes Element herauf und herunter. So herrscht reges Leben allenthalben – nur die Großhirnrinde liegt scheinbar in tiefem Schlummer. Sie träumt ...

Der Leib ruht in pariser Kissen; die Großhirnrinde turnt um den Potsdamer Platz, mit einem Gefühl, jenem nicht unähnlich, das man bei prasselndem Kaminfeuer verspürt, wenn draußen ein solider Landregen rauscht. Schön ist Berlin von weitem –

Nichts nimmt eine Weltanschauung so übel, wie wenn man sie mit einer andern erklären will. Der Marxist will nicht psychoanalysiert werden; der Psychoanalytiker will nicht marxistisch begrenzt werden; jeder will mit seiner Lehre den Schlüssel zum A und O in der Hand haben. Warum? Weil geistige Bewegungen das Bestreben haben, weit über ihre Grenzen zu gehen – sie werden, wie der leider so früh verstorbene Carl Christian Bry das genannt hat, »verkappte Religionen«.

Zur soziologischen Psychologie der Löcher

> Daß die wichtigsten Dinge durch Röhren gethan werden. Beweise: erstlich die Zeugungsglieder, die Schreibfeder und unser Schießgewehr.
>
> Lichtenberg

Ein Loch ist da, wo etwas nicht ist.

Das Loch ist ein ewiger Kompagnon des Nicht-Lochs: Loch allein kommt nicht vor, so leid es mir tut. Wäre überall etwas, dann gäbe es kein Loch, aber auch keine Philosophie und erst recht keine Religion, als welche aus dem Loch kommt. Die Maus könnte nicht leben ohne es, der Mensch auch nicht: es ist beider letzte Rettung, wenn sie von der Materie bedrängt werden. Loch ist immer gut.

Wenn der Mensch ›Loch‹ hört, bekommt er Assoziationen: manche denken an Zündloch, manche an Knopfloch und manche an Goebbels.

Das Loch ist der Grundpfeiler dieser Gesellschaftsordnung, und so ist sie auch. Die Arbeiter wohnen in einem finstern, stecken immer eins zurück, und wenn sie aufmucken, zeigt man ihnen, wo der Zimmermann es gelassen hat, sie werden hineingesteckt, und zum Schluss überblicken sie die Reihe dieser Löcher und pfeifen auf dem letzten. In der Ackerstraße ist Geburt Fluch; warum sind diese

Kinder auch grade aus diesem gekommen? Ein paar Löcher weiter, und das Assessorexamen wäre ihnen sicher gewesen.

Das Merkwürdigste an einem Loch ist der Rand. Er gehört noch zum Etwas, sieht aber beständig in das Nichts, eine Grenzwache der Materie. Das Nichts hat keine Grenzwache: während den Molekülen am Rande eines Lochs schwindlig wird, weil sie in das Loch sehen, wird den Molekülen des Lochs … festlig? Dafür gibt es kein Wort. Denn unsre Sprache ist von den Etwas-Leuten gemacht; die Loch-Leute sprechen ihre eigne.

Das Loch ist statisch; Löcher auf Reisen gibt es nicht. Fast nicht.

Löcher, die sich vermählen, werden ein Eines, einer der sonderbarsten Vorgänge unter denen, die sich nicht denken lassen. Trenne die Scheidewand zwischen zwei Löchern: gehört dann der rechte Rand zum linken Loch? oder der linke zum rechten? oder jeder zu sich? oder beide zu beiden? Meine Sorgen möcht ich haben.

Wenn ein Loch zugestopft wird: wo bleibt es dann? Drückt es sich seitwärts in die Materie? oder läuft es zu einem andern Loch, um ihm sein Leid zu klagen – wo bleibt das zugestopfte Loch? Niemand weiß das: unser Wissen hat hier eines.

Wo ein Ding ist, kann kein andres sein. Wo schon ein Loch ist: kann da noch ein andres sein?

Und warum gibt es keine halben Löcher –?

Manche Gegenstände werden durch ein einziges Löchlein entwertet; weil an einer Stelle von ihnen etwas nicht ist, gilt nun das ganze übrige nichts mehr. Beispiele: ein Fahrschein, eine Jungfrau und ein Luftballon.

Das Ding an sich muss noch gesucht werden; das Loch ist schon an sich. Wer mit einem Bein im Loch stäke und mit dem andern bei uns: der allein wäre wahrhaft weise. Doch soll dies noch keinem gelungen sein. Größenwahnsinnige behaupten, das Loch sei etwas Negatives. Das ist nicht richtig: der Mensch ist ein Nicht-Loch, und das Loch ist das Primäre. Lochen Sie nicht; das Loch ist die einzige Vorahnung des Paradieses, die es hienieden gibt. Wenn Sie tot sind, werden Sie erst merken, was leben ist. Verzeihen Sie diesen Abschnitt; ich hatte nur zwischen dem vorigen Stück und dem nächsten ein Loch ausfüllen wollen.

VI

Auf dem Büchertisch

Leser zerfallen in drei Abteilungen:

In die Nichtschreibenden; die Schreibenden; die Nichtlesenden.

Die erste Kategorie schreibt aus Liebe keine Briefe an den Autor; sie stimmt zu, will ihn aber nicht behelligen. Die zweite Kategorie schreibt: ja oder nein. Die dritte liest den Autor mit einem Auge, und das Gelesene geht ihr zum andern Ohr wieder heraus.

Entweder du liest eine Frau, oder du umarmst ein Buch, beides zugleich geht nicht. Jetzt aber ist Junggesellenzeit – umarmen wir ein Buch.

Schall und Rauch

Der Name ists, der Menschen zieret,
weil er das Erdenpack sortieret –
bist du auch dämlich, schief und krumm:
Du bist ein Individuum.

Kurt Tucholsky in Paris, 1925

Hier sieht man nun den Dichter walten.
Er schafft nicht nur die Dichtgestalten,
nein, er benamset auch sein Kind –
und nennt es Borkman oder Gynt.

Wie aber, wenn er in den Dramen
gediegne bürgerliche Namen
benutzt und jener Bürger klagt,
damits der Richter untersagt?

»Du wirst dich von dem Namen trennen!
Musst du ihn grade Barnhelm nennen?«
Der Richter schüttelt das Barett:
»Der Name macht den Kohl nicht fett!«

Und kurz: Wir werden was ertragen!
Schon sieht man Doktor Tassow klagen,
mit ihm in trautestem Verein
den Grünkramhändler Wallenstein.

Dem Dichter fällt in seine Leier
auch der Ap'theker Florian Geyer –
dem Dichter grausts mit einem Mal:
Er numeriert sein Personal.

Wie nennt man nun die Rechtsgelehrten,
die uns mit diesem Spruch beehrten?
Wie nennt man also dies Gericht?
Hier weiß ich keinen Namen nicht.

Vorfrühling

Sieh da: nun ist der fette Dichter wieder
von seinem Winterschläfchen aufgewacht,
und er entlockt der Harfe heitre Lieder,
ti püng – die Winde wehn, der Himmel lacht.

Er schauet sanft verklärt, und eine Putte
hält über seinem Kopf den Lorbeerkranz.
Vorfrühling nähert sich, die junge Nutte,
und probt, noch schüchtern, einen kleinen Tanz.

Das Barometer droht mit seinem Zeiger:
»Nicht immer feste druff! Ich falle bald.«
Selbst Barometer schwätzen. Große Schweiger
sind selten in dem Land des Theobald.

Noch immer Zabern und Theaterpleiten,
und wie man wieder auf den Fasching geht,
Protestbeschlüsse, andre Lustbarkeiten –
und alles red't und alles red't.

Und wenn man dieses Deutschland sieht und diese
mit Parsifalleri – und -fallerein
von Hammeln abgegraste Geisteswiese –
ah Frühling! Hier soll immer Winter sein!

Wir Deutschen sind merkwürdige Leute. Nicht etwa, dass wir uns ruhig gestehen: auch wir wollen uns einmal ausruhen und leichte Bücher lesen, auch wohl ruhig einmal einen richtigen Quark – das ist kein Mann, der nicht aus vollen Kräften banal sein kann – nein, wenn wirs schon tun, dann lügen wir uns irgend ein Brimborium darum herummer. Es gibt

Leute, denen dieser Karl May – mir ist der Bursche immer als Ausbund der Fadheit vorgekommen – lieb und teuer ist. Aber sie sagens nicht. Sie malen ihm eine Glorie an: ihr meint, das sei einfach ein Unterhaltungsschriftsteller für die reifere Jugend gewesen? Gott bewahre, ein Philosoph war das, ein Mann mit den allegorischsten Hintergedanken, ein schwerer, vollbärtiger, sächsischer Denker, weiland zu Radebeul, jetzt in der Unsterblichkeit.

In diesen Blättern wird rechtens dauernd und ausgiebig auf gute Literatur hingewiesen. Ich halte es für kein Zeichen mangelnder Lebenskraft, wenn man auch einmal beherzt und klar sagt: heute, Sonntag nachmittag, habe ich mich auf ein Sofa hingelümmelt und geschmökert. Was? Allerhand. Aber es waren nette Bücher.

An das Publikum

O hochverehrtes Publikum,
sag mal: bist du wirklich so dumm,
wie uns das an allen Tagen
alle Unternehmer sagen?
Jeder Direktor mit dickem Popo
spricht: »Das Publikum will es so!«
Jeder Filmfritze sagt: »Was soll ich machen?
Das Publikum wünscht diese zuckrigen Sachen!«

Jeder Verleger zuckt die Achseln und spricht:
»Gute Bücher gehn eben nicht!«
  Sag mal, verehrtes Publikum:
  bist du wirklich so dumm?

So dumm, dass in Zeitungen, früh und spät,
immer weniger zu lesen steht?
Aus lauter Furcht, du könntest verletzt sein;
aus lauter Angst, es soll niemand verhetzt sein;
aus lauter Besorgnis, Müller und Cohn
könnten mit Abbestellung drohn?
Aus Bangigkeit, es käme am Ende
einer der zahllosen Reichsverbände
und protestierte und denunzierte
und demonstrierte und prozessierte …
  Sag mal, verehrtes Publikum:
  bist du wirklich so dumm?

Ja, dann …
            Es lastet auf dieser Zeit
der Fluch der Mittelmäßigkeit.
Hast du so einen schwachen Magen?
Kannst du keine Wahrheit vertragen?
Bist also nur ein Grießbrei-Fresser –?
Ja, dann …
  Ja, dann verdienst dus nicht besser.

Wallenstein und die Interessenten

Mein Onkel Casimir, Chef-Leuchtturmwächter der Insel Achnoe in der Ostsee, hat mir neulich einmal erlaubt, in seiner Bibliothek zu kramen. Die Bibliothek besteht aus zwei stattlichen Bänden: *Kochbuch für den gebildeten Mittelstand* von Frau Hofrat Elise Zibelius, darin liest der Onkel, der schwer magenleidend ist, in stillen Nächten und freut sich; sowie: *Anleitung zur Errichtung von Wildgehegen im deutschen Mittelgebirge* – in diesem Werk hat der Onkel, wenn er Leuchtturm-Wache hat, die kleinen o's mit Tinte ausgefüllt; er hält bereits auf Seite 462.

Neben diesen beiden Büchern steht da noch ein großer Kasten mit alten Briefen; sie sind einmal bei einem Schiffbruch an Land geschwemmt worden, auf manchen ist die Schrift ganz ausgewischt, viele sind vom Seewasser zerfressen und verdorben – aber andere sind doch noch ganz gut lesbar. Und in dieser Briefkiste habe ich mit Erlaubnis des Onkels kramen dürfen.

Es fanden sich dort sechs Briefe, die ich mir abgeschrieben habe, weil ich glaube, dass sie einer breiteren Öffentlichkeit ein gewisses Interesse abzuringen in der Lage sein dürften. Sie stammen aus dem Jahre 1802 und sind an den Verleger Cotta gerichtet. Hier sind sie:

I.

Reichsverband Ehemaliger Holkischer
Reitender Jäger E.V. Weimar, 4. Aug. 1802

An die J. G. Cotta'sche Buchhandlung Stuttgart

Geehrter Herr!
In Ihrem dortigen Verlag ist eine Sudeley *Wallensteins Lager* von einem gewissen Schiller, Friedrich, erschienen, in der auch Holkische Reitende Jäger auftreten. Abgesehen von der völligen Unkenntnis, mit der dieses ›militärisch‹ sein sollende Zeug dargestellt ist, müssen wir auf das schärfste Verwahrung dagegen einlegen, dass vaterländische Belange in dieser Art von einem Zivilisten platt getreten werden. In dieser Zeit, die wie keine andere stramme Zucht und gut preußische Disciplin braucht, muss es als eine schwere Verletzung unserer sowie der Allgemein-Belange angesehen werden, wenn ein Holkischer Jäger eine Aufwärterin mit den Worten:

»Bleib Sie doch bei uns, artiges Kind!«

seinen schnöden Lüsten gefügig zu machen sucht. So etwas tut ein Holkischer Jäger nicht! Insbesondere sind während des ganzen Dreißigjährigen Krieges derart wüste und ausschweifende Scenen niemals vorgekommen. Diesbezügliche Klagen sind dem hiesigen Generalsekretariat des Reichsverbandes Ehemaliger Holkischer Reitender Jäger nicht zu Ohren gekommen.

Wir müssen daher namens von Tausenden alter Regimentskameraden fordern, dass das ›Werk‹ des p. Schiller, Friedrich, entweder ganz unterdrückt oder aber die dort vorkommenden Holkischen Jäger in welsche Berittene umgewandelt werden.

I.A.: Bertelmann
Generalsekretär des R.E.H.R.J.

2.

Königl. Bayerische
Buchprüfungsstelle München, den 18. Januar 1802

An die J.G. Cottasche Buchhandlung Stuttgart

Die nachgesuchte Genehmigung, das Werk

Die Piccolomini

in Bayern zu vertreiben, kann hieramts nicht erteilt werden.

Gründe:

Das Werk ist geeignet, die bayerische Sittlichkeit zu verletzen bzw. in ihren Grundfesten zu erschüttern. Ausschlaggebend für das Verbot ist das unsittliche Verhältnis der Figur Thekla mit der Figur Max. Im 5. Auftritt des dritten Aufzuges sind diese beiden Personen, deren eheliche Verbindung nicht angezeigt wird, *allein* auf der Bühne, was hieramts nicht geduldet werden kann. Es heißt dort an einer besonders entsittlichenden Stelle:

»Thekla (ihn zärtlich bei der Hand fassend).«

Eine solche offenbare Ausschweifung ist geeignet, auf Jugendliche unter 80 Jahren entsittlichend zu wirken sowie die Anschauungen über Moral, Ehe, Liebe und die Notwendigkeit hoher Zolltarife auf das schwerste zu erschüttern.

Die hiesige Behörde wird im Gegenteil alles tun, um die Anschaffung sowie auch Verbreitung dieser pornographischen Schrift auf Schulen und andern öffentlichen Oertern zu verhindern.

m. p. Xaver Gscheitner
Regierungsoberamtmann, Leiter der Buchprüfungsstelle München.

3.

Königsberg, den 2. Januar 1802

Herrn Cotta, Stuttgart

Namens der hier versammelten königsberger Bürger mit dem Familiennamen

Neumann

protestieren 163 Neumänner gegen die unbefugte Verwendung ihres guten Namens in einem bei Ihnen erschienenen Werke ›Piccolominis Tod‹ von Goethe. Darin findet sich ein Rittmeister Neumann und ist derselbe geeignet, das Ansehen, das die weit verbreitete Familie Neumann in allen Landen genießt, auf das schwerste zu schädigen.

Wir behalten uns alle diesbezüglichen Schritte gegen Sie und den Verfasser Goethe vor.

Gustav Neumann Dr. med. Anton Neumann
Herbert Neumann D. Dr. Fritz Neumann
Obermedikus Neumann Turnlehrer Neumann

4.

Fachverband der Herzogl. Anhaltinischen
Fernrohr-Industrie sowie verwandter
Berufe Dessau, am 23. April 1801

Namens und auftrags der Herzogl. Anhaltinischen Fernrohr-Industrie sowie der angeschlossenen Berufe legen die Unterzeichneten Verwahrung ein gegen eine von Ihrer Buchhandlung vertriebene Charteke

›Das Lager der Piccolomini‹ von Fritz Schiller.

Wie wir hören, tritt in diesem Schauerstück eine Gestalt namens Seni auf, die sich als Sterndeuter bezeichnet.

Namens und auftrags der Herzogl. Anhaltinischen Fernrohr-Industrie sowie der angeschlossenen Berufe können wir den Fritz Schiller nicht als berechtigt ansehn, die hochangesehenen Erzeugnisse unserer Industrie sowie der verwandten Berufe derart lächerlich zu machen sich in der traurigen Lage zu befinden.

Wir fordern Sie daher auf, wenigstens in diesem Theaterstück genaustens – im Programm *und* im Text – anzugeben, von welcher Fernrohr-Handlung die dort benutzten Fernröhre bezogen worden sind, widrigenfalls wir bei dem hiesigen Herzogl. Anhaltinischen Kammergericht Regress einlegen werden.

Namens und auftrags
WILLIBALD PONTENSCHEUER
Eigentümer der Fernrohr-Handlung

Pontenscheuer und Sohn
Dessau; Krumme Straße 7.
Eingang durch den »Wilden Löwen« des Herrn Kramer.
Sextanten und Messgeräte. Vergrößerungs-Gläser, sowie die verwandten Berufe.

5.

(Anonym)

Wenn Ihr bestochener Juden-Knecht nicht allerschleunig das Buch Maria Piccolomini von Cotta verbrennen lasst dann sollt Ihr mal sehn wir werden es Euch schon eintränken so das Heilige zu verunschimpfieren sowie auch das Vaterland mit Füßen wahrscheinlich hat euch der Polenkönig einen Batzen Geldes dafür gegeben dass ihr es tut das wird aber nicht mehr lange dauern

VIER NATIONALE MÄNNER!

6.

Stadtverwaltung
zu Eger — Eger, am 15. September 1802

Sehr geehrter Herr Hofrat Cotta!
Als Bürgermeister der kaisertreuen Stadt Eger möchte ich Ihre Aufmerksamkeit auf ein durch Sie vertriebenes Werk

Wallensteins Tod von Professor Schiller

hinlenken.

Ich muss meinem Bedauern Ausdruck geben, dass eine hochangesehene Buchhandlung wie die Ihre ein solches Buch publiciert hat. Dasselbe ist geeignet, durch die Schilderung von Unruhe-Scenen sowie von Tumulten und Straßen-Aufläufen, die sich angeblich in Eger abgespielt haben sollen, den österreichischen Fremdenverkehr auf das schwerste zu schädigen und müssen wir im Interesse unserer durch die Nöte der Zeiten so schwer geplagten Geschäftsleute dagegen protestieren und fordern, dass dieses Werk

a) entweder ganz unterdrückt, was am besten; oder
b) der Schauplatz der Handlung nach Pilsen verlegt, oder
c) eine Scene hinzugefügt wird, aus der erhellt, dass die Stadtverwaltung von Eger alles getan hat, um einem Umsichgreifen der Tumulte im Interesse ihrer Badegäste Einhalt zu tun.

m. p. T. Betternich,
Bürgermeister von Eger

Die letzte Seite

Mein Beruf – ich bin Zweiter Leuchtturmwächter auf der kleinen Ostseeinsel Achnoe, und die Nächte sind lang – mein Beruf zwingt mich, viel und ausgiebig zu lesen. Um neue Bücher ist mir nicht bange – die bekomme ich von meinem Freund, Herrn Andreas Portrykus, dem Nachtredakteur des *Strahlförder Generalanzeigers* (mit Unfallversicherung). Er schenkt mir alle Rezensionsexemplare, und so lese ich Nacht für Nacht, alles durcheinander: Romane und Reisebeschreibungen und zarte, sinnige Geschichten aus edler Frauenhand, und was man eben so liest.

Und wenn der Wind an die dicken Scheiben stößt, wenn mein Burgunderpunsch auf dem Tisch dampft, der bräunliche Tabak knastert und ich alter

Mann wieder einmal froh bin, diesen Posten ergattert zu haben –: dann kommt es wohl vor, dass ich aus Zerstreutheit und guter Laune die Bücher von hinten zu lesen beginne, so, wie man aus einem Kuchen sich zuerst die Rosinen herausknabbert. Und da bin ich zu der Entdeckung gekommen, dass die Schlüsse all der vielen Bücher sich deutlich nach verschiedenen Arten gruppieren lassen. Es gibt Normalschlüsse, die immer wiederkehren: der Autor mag vom Mond heruntergefallen sein, am Schlusse besinnt er sich doch auf sein edles Menschentum und redet deutsch.

Heute nacht habe ich wieder vier Pfund Bücher gelesen – mir ist noch manches im Gedächtnis. Ich will es einmal versuchen.

Der Unterhaltungsroman, der Erfolg hat

»... Gefühlt habe ich es schon lange«, flüsterte Helene. »Aber du hast es mir erst ins Bewusstsein gebracht. Jetzt beginne ich erst wirklich zu leben.« – Edgar zog sie an sich ...

So verrannen ihnen die Stunden, ohne dass sie es merkten. Dann schritten sie miteinander über das abendlich dämmernde Feld, auf dem sich der würzige Geruch der jungen Kartoffeln mit dem süßen Duft der Rosen mischte.

Edgar Helmenberg führte seine junge Braut in das Haus auf dem Hügel. Der Mond ging auf. Er ergriff ihre Hand. »Siehst du den Mond?« sagte er stark. »Ich aber will dir die Sonne geben!« – Und gebannt flüsterte sie: »Die Sonne!« –

Der Unterhaltungsroman, der keinen Erfolg hat

Es war alles aus. Kuno stand an den Scherben seines bescheidenen Glücks. Warum ihm das Unglück? Warum gerade ihm? Und die anderen? Ingrimmig ballte er die Fäuste – und ließ dann doch die Hände wieder sinken.

Da zogen sie hin; wie sie gelacht hatte, seine – ja seine! – Gertrud. Herr Doktor Holtzenheimer aber hatte Geld und war ein flotter Kerl …

Die lange Liebe, die Webungen so vieler Jahre – alles vergebens. Da brach er weinend zusammen und zerknickte die Rose in seiner Tasche …

Professorale Reisebeschreibung

So endet diese meine schöne und lehrreiche Reise in das Sonnenland Ägypten. Sie hat mir viel Neues gezeigt und meinen Wissenskreis erweitert. Sie hat mir aber auch bewiesen, wie heutzutage der Deutsche überall wohlgelitten ist, wenn er nur seinen Platz an der Sonne verteidigt. Möge das Büchlein seinen Lesern Unterhaltung und anregende Belehrung gewähren, damit auch sie dereinst hinausziehen in das altehrwürdige Land des Nils und der Könige Ramses und Ramsenit!

Bemerkt mag noch werden, dass der auf Seite 154 erwähnte mittlere Fliegenpilz auch in Deutschland beobachtet worden ist. So hat nach einer Mitteilung Schaedlers im ›Geographischen Wochenblatt‹ ein Lehrer in Meißen einen solchen gefunden und auch bestimmt.

Die Moderne um 1900
»Seele«, flüsterte er. Dann knallte ein Schuss. Die aufgeschreckten Hausbewohner liefen durcheinander – – Schutzleute bahnten sich einen Weg durch die Menge. Der Mann im Hausflur war tot. Sein Blut sickerte durch den Ärmel auf den hellblau und grünlich karierten Steinfliesboden und verrann in Rinnseln in den staubigen Fugen …

Altes Buch
»Möge euch«, so schloss der Geistliche seine alle Anwesenden aufs tiefste ergreifende Rede, »der liebe Gott den Bund segnen, den zwei so mächtige Familien miteinander durch ihre Kinder geschlossen haben!« –

Was soll ich noch viel erzählen? – Eduard und Kunigunde wurden ein glückliches, aber kinderreiches Paar; der alte Hader war begraben und vergessen. Draußen aber pfeift der Wächter schon die zwölfte Stunde, lass mich das Licht löschen, geneigter Leser! Gute Nacht! –

Das richtige Jungensbuch
(›Die Lagerfeuer in Kalifornien‹)

»Schurke!« knirschte der Mestize. Ein Messer blitzte in seiner Hand – aber mit einem gewaltigen Schlage streckte ihn der alte Trapper nieder. Ein kurzes Röcheln – dann war alles vorbei.

Der alte Trapper geleitete die Karawane noch in die nächste große Stadt S., dann begab er sich wieder in seine Einöde zurück. »Einen Dank brauche ich nicht«, sagte er. »Ich habe nur getan, was rechtens war.«

Franz und Fräulein Armstrong, die Erbin des Goldfundes, wurden ein Paar und lebten glücklich und zufrieden.

Der Kellner Fritz bekam eine zuträgliche Stellung in San Franzisco, die er heute noch innehat.

Von dem hinterhältigen Don Pedro hat kein Mensch mehr etwas gehört. Er blieb verschollen.

Der alte Indianer Hefrakorn aber erhielt das Gnadenbrot bei Krafts. Franz Kraft ist ein alter Mann geworden, und Kinder und Enkel umspielen seine Knie. Wenn er aber mit seiner immer noch schönen Frau, seinen Kindern und dem alten Indianer um den runden Tisch zusammensitzt, dann gedenken sie wohl noch oft der

›Lagerfeuer in Kalifornien‹.

Ja, wird stets der geneigte Leser nun sagen: Das ist ja alles sehr schön und nett – aber wie soll denn ein

Buchschluss nun sein? Diese gefallen doch dem Herrn Leuchtturmwächter alle nicht …

Ich muss sagen, dass ich in meiner jetzt zwanzigjährigen Dienstzeit nur einmal einen wirkich guten, ehrlichen und motivierenden Buchschluss gefunden habe. Er fand sich in einem Gedichtbüchlein *Frühlingsstimmen* von Herrn Hugo Taubensee. Der Mann war – wie man aus dem beigehefteten Porträt sehen konnte – Postschaffner, aber auch Dichter, eine der so häufigen Verbindungen von Geschäftsmann und Romantiker. Der Verleger war nur Geschäftsmann.

Diese *Frühlingsstimmen* klangen folgendermaßen aus:

»Mitteilung an den Leser!

Die gesammelten Gedichte des Verfassers gehen in Wirklichkeit noch weiter. Weil ich aber nicht in der bemittelten Lage bin, weiteres Papier und auch die Druckkosten anzuschaffen, so sehe ich mich gezwungen, die Gedichte hier abzubrechen. Ich will aber, wenn der Absatz dieses Büchleins ein entsprechender ist, die *Frühlingsstimmen* gern fortsetzen. Die Leser handeln also im eigenen Interesse, wenn sie das Buch fleißig kaufen und weiter empfehlen!«

Das heiß ich einen Schluss! Von jetzt an werde ich mich mehr den Anfängen zuwenden.

»Der Chinese stürzte sich auf den Schwarzen, der die Tür der Stahlkammer ins Schloss schmetterte. Jenny warf sich herum und stierte den Detektiv fassungslos an. ›Mord!‹ sagte Herr Engel kurz.«

Hunderttausend ernster Geschäftsleute, die tagsüber Butter und Seide und Kuxe gehandelt haben, lesen abends, mit leicht gerunzelter Stirn, die Lippen um die Pfeife gepresst, Kriminalromane. Warum? Was geht Herrn Buttermann der Chinese in der Stahlkammer an? Was Herrn Seidemann das Attentat auf den Londoner Zirkusbesitzer Poiccart? Was Herrn Makler Kuxmann das Komplott der Mörderbande gegen den großen Bill –? Eben weil es sie nichts angeht, lesen sie es.

Es ist die Flucht aus dem Alltag in die Romantik – aber in eine, in der es genau so logisch, so folgerichtig, so scharf zugeht wie im Leben – nur die Voraussetzung und das Schlussergebnis sind verschieden. Im Leben unterliegen bekanntlich immer beide Parteien – in den Kriminalromanen siegt einer unbedingt, vollkommen, ganz und gar, und das ist eine Befriedigung für den Leser, jener nicht unähnlich, die wir empfunden haben, wenn die arithmetische Aufgabe in der Schule mit Null aufging …

Jede Zeit hat die Räuberromane, die ihr angemessen sind: das achtzehnte Jahrhundert die moralischen oder unmoralischen, was auf dasselbe herauskommt; das neunzehnte die idyllischen, mit einem Rinaldo Rinaldini, der zweihundertundachtzig Seiten braucht, ehe er zum Schuss kommt – und heute geht es schnell und fix zu, klipp-klapp: Verbrechen, der Detektiv sog an der mächtigen Pfeife, das Auto braust in die Vorstadt, Blausäure, Brandstiftung, die schwarze Mündung des Revolvers richtete sich auf den erblassten Billy, und auf Seite zweihundert ist alles in Ordnung. Das hat der Geschäftsmann gern – es ist eine klare Bilanz. Tempo! Tempo!

Der Kriminalroman ist die Ausspannung von der alltäglichen Tätigkeit: wer in der Geisbergstraße wohnt, eingetragen auf dem Einwohnermeldeamt, mit Steuerbogen, Führerschein, Geburtszeugnis und Impfattest, der liebt die Pyramiden, in deren Innern sich die arabischen Wüstenräuber aufhalten ... Die neueren Kriminalromane bestehen aus einem Minimum an Reflexion und einem Maximum an Handlung. Man kann nicht einmal sagen, dass hier die Tugend siege oder das Verbrechen: – die Aktivität siegt, der Schnellere siegt, der, der besser Auto fahren, der besser denken kann, der die schnellere Entschlusskraft besitzt. Es ist eine Entspannung für den, dem tagsüber am Telefon, im Geschäft, im Büro nichts schnell genug gehen kann – hier funktioniert es Schlag auf Schlag, und man weiß, woran man ist.

Aber es ist eine nicht ganz ungefährliche Entspannung. Lies vier Kriminalromane hintereinander, und dir wirbelt langsam der Kopf; diese Lektüre hat etwas Narkotisches, hinterher schmeckt nichts mehr anderes …

Aber mitunter, in der Eisenbahn, im Flugzeug, in der Sommerfrische, in der Elektrischen ist es ganz heiter. Die Umwelt versinkt, vergessen Chef, Angestellte und der Ärger mit Abteilung IIIb, vergessen Registratur und Intrigen des Assistenten, vergessen Geschäft, Kurszettel und Hypothek … »Der Detektiv hielt eine verwelkte Rosenknospe in der Hand und roch sorgfältig an ihr. In diesem Augenblick ertönte eine ungeheure Detonation, alle eilten ans Fenster …« Die Herren Doyle, Wallace & Co. seien gesegnet für und für, wenn alles schief geht, nehmen wir ihre Werke zur Hand und flüchten uns aus dem sauber parzellierten Alltag in die unkontrollierbaren Länder der Verbrecher-Romantik. Es gibt allerdings ein Gebiet, in dem es noch toller zugeht als dort: und das ist das Leben.

VII
Satire

Was darf die Satire?

> Frau Vockerat: »Aber man muß doch seine Freude haben können an der Kunst.«
> Johannes: »Man kann viel mehr haben an der Kunst als seine Freude.«
>
> Gerhart Hauptmann

Wenn einer bei uns einen guten politischen Witz macht, dann sitzt halb Deutschland auf dem Sofa und nimmt übel.

Satire scheint eine durchaus negative Sache. Sie sagt: »Nein!« Eine Satire, die zur Zeichnung einer Kriegsanleihe auffordert, ist keine. Die Satire beißt, lacht, pfeift und trommelt die große, bunte Landsknechtstrommel gegen alles, was stockt und träge ist.

Satire ist eine durchaus positive Sache. Nirgends verrät sich der Charakterlose schneller als hier, nirgends zeigt sich fixer, was ein gewissenloser Hanswurst ist, einer, der heute den angreift und morgen den.

Der Satiriker ist ein gekränkter Idealist: er will die Welt gut haben, sie ist schlecht, und nun rennt er gegen das Schlechte an.

Die Satire eines charaktervollen Künstlers, der um des Guten willen kämpft, verdient also nicht diese bürgerliche Nichtachtung und das empörte Fauchen, mit dem hierzulande diese Kunst abgetan wird.

Vor allem macht der Deutsche einen Fehler: er verwechselt das Dargestellte mit dem Darstellenden. Wenn ich die Folgen der Trunksucht aufzeigen will, also dieses Laster bekämpfe, so kann ich das nicht mit frommen Bibelsprüchen, sondern ich werde es am wirksamsten durch die packende Darstellung eines Mannes tun, der hoffnungslos betrunken ist. Ich hebe den Vorhang auf, der schonend über die Fäulnis gebreitet war, und sage: »Seht!« – In Deutschland nennt man dergleichen ›Krassheit‹. Aber Trunksucht ist ein böses Ding, sie schädigt das Volk, und nur schonungslose Wahrheit kann da helfen. Und so ist das damals mit dem Weberelend gewesen, und mit der Prostitution ist es noch heute so.

[…]

Übertreibt die Satire? Die Satire muss übertreiben und ist ihrem tiefsten Wesen nach ungerecht. Sie bläst die Wahrheit auf, damit sie deutlicher wird, und sie kann gar nicht anders arbeiten als nach dem Bibelwort: Es leiden die Gerechten mit den Ungerechten.

Aber nun sitzt zutiefst im Deutschen die leidige Angewohnheit, nicht in Individuen, sondern in Ständen, in Korporationen zu denken und aufzutreten, und wehe, wenn du einer dieser zu nahe trittst. Warum sind unsere Witzblätter, unsere Lustspiele, unsere Komödien und unsere Filme so mager? Weil keiner wagt, dem dicken Kraken an den Leib zu gehen, der das ganze Land bedrückt und dahockt: fett, faul und lebenstötend.

[…]

Wir sollten nicht so kleinlich sein. Wir alle – Volksschullehrer und Kaufleute und Professoren und Redakteure und Musiker und Ärzte und Beamte und Frauen und Volksbeauftragte – wir alle haben Fehler und komische Seiten und kleine und große Schwächen. Und wir müssen nun nicht immer gleich aufbegehren (›Schlächtermeister, wahret eure heiligsten Güter!‹), wenn einer wirklich einmal einen guten Witz über uns reißt. Boshaft kann er sein, aber ehrlich soll er sein. Das ist kein rechter Mann und kein rechter Stand, der nicht einen ordentlichen Puff vertragen kann. Er mag sich mit denselben Mitteln dagegen wehren, er mag widerschlagen – aber er wende nicht verletzt, empört, gekränkt das Haupt. Es wehte bei uns im öffentlichen Leben ein reinerer Wind, wenn nicht alle übel nähmen.

So aber schwillt ständischer Dünkel zum Größenwahn an. Der deutsche Satiriker tanzt zwischen Berufsständen, Klassen, Konfessionen und Lokaleinrichtungen einen ständigen Eiertanz. Das ist gewiss recht graziös, aber auf die Dauer etwas ermüdend.

Die echte Satire ist blutreinigend: und wer gesundes Blut hat, der hat auch einen reinen Teint.

Was darf die Satire?

Alles.

Politische Satire steht immer in der Opposition. Es ist das der Grund, weshalb es bis auf den heutigen Tag kein konservatives Witzblatt von Rang gibt und kein regierungstreues. Nicht etwa, weil die Herren keinen Humor hätten oder keinen Witz. Den hat keine Klasse gepachtet. Aber die kann ihn am wenigsten haben, die auf die Erhaltung des Bestehenden aus ist, die die Autorität und den Respekt mit hehrem Räuspern und hochgezogenen Augenbrauen zu schützen bestrebt ist. Der politische Witz ist ein respektloser Lausejunge.

Dem Satiriker gab ein Gott zu sagen, was sie treiben. Man kann ja nun nicht gerade verlangen, dass der Großpapa, dem der Enkel einen kleinen Flitzbogenpfeil in die hintere, untere Schlafrockseite bohrt, dem guten Kind auch noch einen Bonbon gibt. Aber nicht gleich aufspringen und mit harten Gegenständen werfen. Die Würde muss es sich gefallen lassen, dass sie manchmal am Bart gezupft wird. (Auch Bartlose haben einen Bart, mitunter).

Satire hat eine Grenze nach oben: Buddha entzieht sich ihr. Satire hat auch eine Grenze nach unten. In Deutschland etwa die herrschenden faschistischen Mächte. Es lohnt nicht – so tief kann man nicht schießen.

Die Zeit schreit nach Satire

Für Walter Hasenclever

I

Per Eilboten.
Sehr geehrter Herr!
In der Annahme, dass Sie für die Ausarbeitung einer literarischen Groß-Revue mit satirischem Einschlag Interesse haben, erlauben wir uns, uns mit der Bitte an Sie zu wenden, unserm Herrn Generaldirektor Bönheim – möglichst heute noch – Gelegenheit zu einer persönlichen Rücksprache mit Ihnen zu geben.

Wir erwarten Ihren Anruf zwischen 11 und 1/2 12 Uhr.

Indem wir hoffen, von Ihnen umgehend eine zusagende Antwort zu erhalten, begrüßen wir Sie

mit vorzüglicher Hochachtung
Deutscher Literatur-Betrieb G.m.b.H.
Abteilung: Theater
Für den geschäftsführenden Direktor:
(gez.) Dr. Milbe

2

»Hallo!«

»Hier Deutscher Literatur-Betrieb!«

»Hier Peter Panter. Sie hatten mir geschrieben; Ihr Herr Generaldirektor Bönheim möchte mich sprechen; es handelt sich um eine Revue ...«

»'n Augenblick mal. – – Ja –?«

»Sie hatten mir geschrieben ...«

»Wer ist denn da?«

»Hier Peter Panter. Sie hatten mir geschrieben: Ihr Herr Generaldirektor Bönheim möchte mich ...«

»Ich verbinde mit dem Generalsekretariat Generaldirektor Bönheim.«

»Hier Generalsekretariat Generaldirektor Bönheim?«

»Hier Peter Panter. Sie hatten mir geschrieben: Ihr Herr Generaldirektor Bönheim möchte mich sprechen – es handelt sich um eine Revue ...«

»'n Augenblick mal ...! – – Ja, was gibts denn –?«

»Hier Peter Panter. Sie hatten mir geschrieben: Ihr Herr Direktor Bönheim möchte mich sprechen; es handelt sich um eine Revue ...«

»Sie meinen Herrn *General*direktor Bönheim –! Herr Generaldirektor ist nicht zu sprechen, er ist verreist; wenn er hier wäre, wäre er in einer wichtigen Konferenz.«

»Ja, aber ... in dem Brief stand, es wäre eilig ... unterzeichnet hat ein Herr Doktor Milbe.«

»Das ist Abteilung: Theater. Ich verbinde mit der Abteilung: Theater.«

(Schlaganfall)

Darauf: Verabredung mit Herrn Dr. Milbe.

3

»Also, sehn Se, ich hab mir das so gedacht –: wir machen eine Revue, verstehn Se, also eine Revue, so was hat Berlin überhaupt noch nicht gesehn! Scharf, verstehn Sie mich, witzig, spritzig – also es ist ja gar kein Zweifel: diese Zeit schreit ja nach Satire! – das wird eine ganz große Sache! Wir haben sofort an Sie gedacht – nehm Sie ne Zigarette? – kommt ja gar kein anderer in Frahre. Wir engagieren Pallenberg, die Valetti, Paul Graetz, Ilka Grüning, Otto Wallburg – – Hallo? 'tschuldjen 'n Momentchen …! (Viertelstündiges Telefongespräch) – also, wo waren wir stehengeblieben – Ja! Engagieren also die Massary, Emil Jannings, Lucie Höflich … Nu ist da allerdings ein Haken: Ablieferungstermin des Manuskripts in acht Tagen. Ja, also das is nich anders! Warten ist zu teuer. Wir haben das Theater gepachtet – wir müssen mit der Sache raus. Na, Sie werden das schon machen! Regie? Piscator! Seffaständlich! Hat schon zugesagt; wenn er also nicht kann, dann Jeßner. Oder Haller. Auf alle Fälle: Ia. Da können Sie sich auf uns verlassen.

Und gehn Sie ran, besonders in den Couplets … nein, halt, machen Sie keine Couplets – machen Sie Sonx – jetzt macht man Sonx – natürlich nicht zu literarisch, nicha, wir wenden uns ja an ein großes Publikum … also 'n bisschen allgemein-verständlich … wir haben so etwa gedacht: *Dreigroschenoper* mitm Schuss Lehár. Komponisten? Na, wahrscheinlich Meisel und Kollo oder Hindemith und Nelson, ein bisschen einheitlich muss es ja schon sein. Das Geschäftliche –? besprechen wir noch – unser leitender Herr ist heut grade in Moabit. Als Zeuge. Wissen Sie, ich war früher auch literarisch tätig; was meinen Sie, beneide ich Sie, wie gern würd ich wieder … Hallo? nein! gehn Sie noch nicht weg! ich hab Ihnen noch was zu sagen! (Dreiviertelstündiges Telefongespräch) – Also wir verbleiben dann so, nicht wahr: es bleibt dann dabei: am 18. liefern Sie ab, und am 19. fangen wir an mit den Proben. Hier gehts raus …«

4

»Doktor Milbe hat mich aber um halb elf bestellt.«

»Tut mir sehr leid, Herr Doktor Milbe ist in einer wichtigen Konferenz.«

»Da werd ich warten – Nanu! Mehring? Was machen Sie denn hier? … und was … der Onkel Kästner!«

»Tag, Panter. Ja, wir kommen hierher, wir haben

uns unten getroffen, wir wissen auch nicht … Mehring sagt mir, er arbeitet hier an einer Revue. Ich arbeite hier auch an einer Revue.«

»Ich auch. Ganz ulkig – mir hat der Mann gar nichts gesagt, dass er noch andere auffordert … da hätten wir doch gut zusammenarbeiten können … so ein –«

»Herr Doktor Milbe lässt die Herren bitten!«

(gezischt) – »Ich hab Ihnen doch gesagt, nicht alle drei zusammen –!

Also … sehr nett, dass Sie kommen: ich habe die Herren gleich zusammengebeten, nicht wahr, es ist einfacher – – es war ja auch so besprochen. Bitte nehmen Sie Platz … Tja … also wir haben Ihre Texte durchgesehen … durchgesehen … ja, also da muss ich Ihnen nun leider sagen: also so geht das nicht. Sehn Se mal … Hallo? ’tschuldjen ’n Momentchen … (Halbstündiges Telefongespräch) – Wo waren wir stehengeblieben … ja, also meine Herren, ich habe Ihnen das ja eben auseinandergesetzt, warum es so nicht geht. Herr Kästner, das ist ja viel zu fein, was Sie da gemacht haben – das verstehen die Leute ja gar nicht … nee, die Revue soll natürlich gut sein, aber zu gut soll sie auch wieder nich sein! Herr Panter, das ist unmöglich, unmöglich, verstehen Sie mich – sehn Sie, hier das da, das ist gut, diese Szene mit dem Spreewaldkahn –«

»Die hatte ich mir als Parodie gedacht; die Szene ist gar nicht ernst …«

»Na, das ist ja ganz gleich – dann machen wir sie eben ernst. So müsste die ganze Revue sein … und hier, das da –:

Komm mal rüber –
komm mal rüber mit der Marie! –

Sie irren, wenn Sie glauben, dass unsere Besucher für Geld ›Marie‹ sagen – na ja, *ich* versteh das ja, aber wir haben Smoking-Publikum … und dann hier, das mit der Reichswehr, das geht natürlich nicht, und das mit Zörgiebel muss weg … aber sonst ist es ganz … Hallo? 'tschuldjen mich … Zum Donnerwetter! Ich bin jetzt in einer wichtigen Konferenz! Ich will jetzt nicht gestört werden! Nein! Ja! Weiß ich nicht! Hören Se mal – –! (Halbstündiges Telefongespräch) – Also wo … ja, Herr Mehring, nehmen Sie mir das nicht übel – ich habe das nicht verstanden! Also ich versteh das nicht! Na, dann bin ich eben literarisch nicht so gebildet wie ihr … ich habe schließlich meine journalistischen Sporen verdient; ich trau mich gar nicht, das Herrn Generaldirektor Bönheim vorzulegen, der lacht uns ja glatt aus! Hier –:

Und weil der Eskimo anders als der Börsianer
spricht:
Deswegen verstehen, verstehen wir alle, wir alle uns
nicht!

Verstehn Sie das? Natürlich spricht er anders. Na, und das da:

> Es liegt eine Leiche im Landwehrkanal.
> Fischerin, du kleine –

also erstens ist das alt – und außerdem ist das unappetitlich; die Leute wollen doch nachher essen gehn. Nee, meine Herren – so geht das nicht. Also arbeiten Sie mir das um … verstehen Sie mich, pikant, witzig, spritzig; ich habe für heute nachmittag auch noch Herrn Polgar und Herrn Marcellus Schiffer und Herrn Roellinghoff gebeten – wir müssen das schaffen. Sonst wende ich mich eben an Herrn Ammer oder an Herrn Villon oder schlimmstenfalls an Herrn Brecht … also um vier Uhr, meine Herren, beim Regisseur … auf Wiedersehn –!«

5

»Ich habe ihm erklärt: ich übernehme die Inszenierung überhaupt nicht. Ich weiß gar nicht, warum er Sie hier alle zu mir herbestellt hat! Wenn ich das mache, dann mach ich es nur unter folgenden Bedingungen: Gesinnung! Gesinnung! Gesinnung! Es muss was rein von der Wohnungsnot; es muss was rein von der Aufhebung des § 194 der Strafprozessordnung – das sind doch Probleme! Außerdem ist da natürlich der Film.«

»Was für ein Film?«

»Der Film nach dem Stück von Bronnen.«

»Was für ein Stück von Bronnen?«

»Das Stück nach dem Roman von Remarque. Also dieser Film nach dem Stück nach dem Roman – daraus mache ich einen Tonfilm, also es wird eigentlich kein Tonfilm, aber ich mach das so, mit einer laufenden Treppe, Jeßner hat ... Guten Tag, Herr Doktor! Guten Tag! Herr Direktor Bönheim – sehr nett, dass Sie gekommen sind ...«

»Wo kann man bei Ihnen mal telefonieren –?«

»Hier, bitte ...« – –

»So. Also jetzt kanns losgehen. Ja, also, meine Herren, wir fangen morgen an, mit den Proben, aber es müssen da noch einige Kleinigkeiten geändert werden. Das hier, geben Sie mal her, das hier geht nicht. Über die Justiz können wir uns so nicht lustig machen; das muss – bitte mal den Rotstift, danke! – das muss hier raus. Meine Herren, wenn Sie es nicht wissen sollten: wir sind mit Bosenstein & Klappholz liiert, und hinter denen stehn IG-Farben, solche Witze über die Börse – nee, also Taktlosigkeiten, verzeihen Sie, aber das wolln wir nicht machen. Immer hübsch im Rahmen bleiben. Na, hier ... das mit der Internationale ... die können Sie ja singen lassen, wenn Sie durchaus meinen; das hören ja die Leute vorm Abendbrot immer ganz gerne. Also arbeiten Sie mir das um –«

»Herr Generaldirektor Bönheim wird am Telefon verlangt!«

»Ich? –'tschuldjen einen Augenblick mal –!«

(Bängliche Pause. Geflüster)

»Herr Doktor Milbe meint … mit der Massary!«

»Na das können Sie doch machen, Panter; Sie haben doch schon so oft für die Frau Couplets, danke, ich rauch jetzt nicht, machen wollen …«

»So, da bin ich wieder. Ja, also ich höre eben, Emil Jannings hat abtelegrafiert und Otto Wallburg auch, das schadet aber nichts, das besetzen wir um, ich habe da ein paar sehr begabte junge Leute. (Milbe, ich dachte an … puschpuschpusch …) Ja, also wie weit sind Sie nu –? Mit den Streichungen. Ja. Herr Mehring, was hat Ihnen eigentlich der Reichskanzler getan? Lassen Sie doch den Mann in Frieden – wird auch kein leichtes Leben haben. Is nich wahr? Nein, sehn Se mal … zum Beispiel die berliner Verkehrsregelung, *das* ist ein Skandal! Vorhin hat mein Wagen geschlagene fünf Minuten am Wittenbergplatz halten müssen – *da* müsstet ihr mal was schreiben! Ja. Na, und der Titel?«

»Ja, der Titel …?«

»Herr Kästner, wie nennen Sie das Ding?«

»Herz im Spiegel.«

»Und Sie Herr Panter?«

»Schwedenpunsch.«

»Und Sie, Herr Mehring?«

»Nacht auf dem Blocksberg.«

»Also schön – dann heißt die Revue: Jeder einmal in Berlin. Meine Herren, Herr Doktor Milbe wird Ihnen das Weitere auseinandersetzen; ich habe noch eine wichtige Konferenz … Auf Wieder–!«

»Gewiss, Herr Generaldirektor. Famos, Herr Generaldirektor!

Also, meine Herren, wie ich Ihnen gesagt habe: die Revue – steht. Nu arbeiten Sie sie um!«

6

»Halt!«

»Warum Halt?«

»Wie kommt der Alligator auf die Bühne?«

»Ich habe das so angeordnet – Herr Klöpfer will das so …«

»Das hat doch aber … hat doch aber gar keinen Bezug auf den Text –? Es ist ein Lied des Kuppelvaters … was soll um alles in der Welt …«

»Ich schmeiße euch die Rrrolle hin, wenn Herr Panter hier immer stört! So kann ich nicht probieren! Da soll der Teufel probieren – ich nicht! Da –«

»Aber, Herr Klöpfer … wir …«

»Halten Sie Ihren Mund! Ich erwürge Sie mit meinen nackten Händen! Wenn ich aus diesem Drecktext nicht was mache, dann lacht kein Aas, dann geht überhaupt keiner rein! Alle Nuancen sind von mir, alles von mir: hier, das mit dem Reifen, und beim zweiten Refrain mache ich falschen Abgang und komm mit ner Gasmaske wieder raus, und wenn ich hier nicht den Alligator auf den Arm nehmen kann, dann könnt ihr mich alle …«

»Herr Panter, lassen Sie ihm schon den Alligator –! Es ist vielleicht wirklich ganz gut! (Piano) Am Abend geb ich dem Tier Rizinus!«

7

»Das sing ich nicht.«

»Ja, Kinder, wenn ihr nicht singt, was da steht – ihr könnt doch nicht eigene Verse reinmachen!«

»Warum können wir das nicht! Das können wir sehr schön! Dann musst du uns eben bessere Texte machen, Panterchen!«

»Gnädige Frau, das geht wirklich nicht. Von mir aus kann ja hier gesungen werden, was will … aber mein Name steht auf dem Zettel – –«

»Ich kann das nicht! Ich kann das nicht! Meine Nerven halten das nicht aus! Ich werf euch den ganzen Kram hin! Entweder ich singe hier, oder ich singe hier nicht! Sie gehn überhaupt raus, Sie alter Bock – den ganzen Tag ist der Kerl hinter der Kate her … gearbeitet wird hier nichts … ich wunder mich, dass ihr die Betten nicht mit ins Theater bringt!«

»Aber, Kindchen … es …«

»Dieses Bordell ist ein Theater … ich meine: dieses Theater … ich geh überhaupt ab! Spielt euch euern Dreck alleine –!«

8

»Bühne frei –! Halt mal, nicht! noch nicht anfangen! Was ist, Herr Direktor –?«

»Milbe, ändern Sie mir das um! Hier, das hier im vierten Bild. Unmöglich! Wie konnten Sie das stehenlassen! Stresemann verkehrt im Bühnenklub, so kann man nicht mit unserer Diplomatie umspringen! Herr Kommerzienrat Moosheimer hat mir überhaupt schon Vorwürfe gemacht, dass ich mich auf die Sache eingelassen habe – mir ist schon mies vor der ganzen Revue … unntä … dann dürfen die Schupos im achten Bild keinesfalls wieder ihre Uniform anziehen; die müssen französische Uniformen nehmen, wir haben ja noch welche aus der vorigen Revue … lassen Sie Pichorek mal sofort nachsehen – und das Lied gegen den Reichstag wird gestrichen … das …«

»Hat aber auf der Generalprobe sehr gewirkt, Herr Direktor!«

»Das ist mir pipenegal! Wer ist hier Direktor, Sie oder ich? Diese revolutionären Texte, ich bin ein guter Republikaner … die Karikatur vom Kronprinzen in der Gerichtsszene kommt mir auch runter, es ist leicht, einem toten Löwen einen Fußtritt zu verset-

Plakat für einen Tucholsky-Leseabend, 1921

zen, außerdem hab ich nicht Lust, euretwegen meine ganzen Geschäftsverbindungen …«

»Bühne frei! Gong –!«

9

(*Deutsche Tageszeitung*): – – Dieser rote Schund – –

(*Vossische Zeitung*): … unser Freund Peter Panter wohl seinen matten Tag gehabt haben mag. Das kann jedem passieren. Aber an solchen Tagen dichtet man eben nicht. Nach der Reichstagsszene, die seltsam salzlos war, ging der Sprecher ab, und wir blieben zurück, ratlos, was das wohl zu bedeuten hätte; es schien dann, als wollte der Schauspieler, der den Reichstagspräsidenten darstellte, noch irgend etwas sagen, aber wahrscheinlich hat hier die Erfindungsgabe des Autoren nicht gereicht … was französische Polizisten in einem deutschen Versammlungssaal zu tun haben, wird wohl das ewige Geheimnis unseres Autors bleiben … es war kein guter Tag für ihn. Man werfe diesem Raubtier einen andern Braten vor und lasse es durch neue Reifen springen.

10

(Frau Wendriner am Telefon; morgens halb elf) – »hat sie gesagt, wenn sie ein neues Mädchen für dich hat, wird sie mich anklingeln. Du kannst dich unbedingt auf sie verlassen; sie besorgt mir immer die Tassen nach, fürs Geschirr; sie ist durchaus zuverlässig. Gestern –? Im Majolika-Theater, zu der neuen Revue, Premiere. Nei-en – mäßig. Die Bois ganz nett, aber es war alles so durcheinander, wir haben gar nicht gelacht. Es hieß erst, das wär nu die ganz große Sache, aber wir wollten schon nach der Pause gehen. Oskar ist dann noch geblieben, weil er Paul nach der Vorstellung noch sprechen wollte, geschäftlich. Das einzige war noch Graetz und die Hesterberg, sonst gar nichts. Margot hat gestern angerufen; warum du denn gar nicht mal bei ihr anrufst, sie will mich morgen anklingeln, und du sollst doch auch mal Lina anklingeln, damit Lina Trudchen anruft, wegen dem Schleiflack, Käte ist sehr zufrie–«

II

»Sie sind schuld –!«

»Ich? Das ist ja großartig! Sie sind schuld –!«

»Wer hat es gleich gesagt? Wer hat es gleich gesagt?«

»Macht hier nicht sonen Krach im Theaterbüro! Davon kommt das Geld auch nicht wieder! – Statt sich anständige Autoren zu holen! Presber! Remarque! Ferdinand Bruckner! Nein, da holen sie sich ihre guten Freunde ran …«

»Das verbitte ich mir.«

»Sie haben sich hier gar nichts zu verbitten – das ist mein Unternehmen, Herr Doktor Milbe –! Was steht ihr überhaupt hier alle rum? Wollt ihr vielleicht Geld von mir? Dafür wollt ihr noch Geld? Wozu zahle ich meine Theaterpacht … Ich will euch mal was sagen –«

»Was ist denn das für ein Ton –?«

»Sie sind entlassen! Sie ehmfalls! Ich werde hier mit eisernem Besen …«

»Sie mir auch! Diese Dreckbude von Theater – Mahlzeit!«

»Raus hier! Hat einen Charakter wie ein Klosettdeckel –«

»Panter! Los! Ab!«

»Sie hätten …« – »Ich habe …« – »Sie Riesenross, wer hat gleich am ersten Tag … aber auf mich hört ja keiner, in meinem eigenen Betrieb … das wird mir von heute ab … ich bin ein alter Theaterhase, und diese Lausejungen … Ich verkaufe den Betrieb überhaupt, da könnt ihr sehen, wie ihr ohne mich fertig werdet! Ich geh ins Tonfilmsyndikat oder zurück zur Konfektion –!«

»Ihr kommt runter? Ich geh rauf – mein Geld holen.«

»Da bemühen Sie sich gar nicht erst nach oben. Geld is nich. Aber Krach.«

»Um Gottes willen … was ist da oben los? Man möchte ja meinen, es wär Mord und Totschlag – wer schreit denn da so –?«

»Das? Das ist die Zeit. Sie schreit nach Satire –!«

VIII

Von Feinden und Kritikern

Vom Feind kann man noch am ehesten lernen – manchmal auch vom Kritiker.

Die Überlegenen

Deutsches Publikum, das auf Stühlen sitzt, fühlt sich Leuten, die vorbeigehen, überlegen. Die Stellung des falschen literarischen Kritikers entspricht dieser scheinbaren Überlegenheit des Sitzenden über den Laufenden – der Kritiker und der Sitzende glauben, dass der Künstler und der Laufende ihretwegen da seien. Außerdem riskieren beide nichts. »Das Publikum«, hat ein französischer Literat einmal gesagt, »hält sich dem Künstler deshalb für überlegen, weil es ein Urteil über ihn abgibt.« Dieses ›weil‹ ist eine ganze Abhandlung der menschlichen Seelenkunde.

»Der gute alte Tolstoi«, schrieb neulich so ein Fortschrittgewächs, das offenbar gar nicht fühlt, dass man keinem Größern auf die Schulter klopfen kann. Aber da werden Giganten von kleinen Verwachsenen wohlwollend belobt oder mit jener Miene in die ›verstaubt Ecke‹ getan, da werden Eintagsfliegen mit Löwen zusammen genannt, damit man glaubt, die Insekten könnten brüllen, und es gibt eine ganze Literaturgattung, deren Autoren nur ein, ein einziges Bestreben haben: überlegen zu scheinen. Denn wären sie es, sie hätten nicht nötig, krampfhaft so zu tun, als seien sie es.

Das beste und beliebteste Mittel, Überlegenheit zu markieren, ist die Andeutung. Wilde, erotische Abenteuer werden lässig so angedeutet. Dass die meisten der Überlegenen mit Briand auf Sie und Sie und mit Stresemann auf Du und Du sind, versteht sich von selbst, und was das Leben im allgemeinen anbetrifft, so ist gar nicht zu sagen, wie sie es meistern. Die kleinen Mädchen und die großen Männer; die Gefühle und die Geschäfte; der Sport und die Künste – das haben wir alles im kleinen Finger, dessen sorgfältig polierte Nagelfläche wir dem Betrachter geziert entgegenhalten.

Dass junge Leute so tun, ist normal – das muss so sein und ist immer so gewesen. Aber dass ältere Knaben eine Haltung annehmen, die sie knapp bei andern richtig beobachtet haben, ohne sie je zu besitzen, dass sie in grenzenloser Eitelkeit ununterbrochen ihre Person vor das Stereoskop schieben, durch das sie den Leser gucken lassen sollen, der ja gekommen ist, ganz etwas andres zu sehen –: das ist bitter. Geltungsdrang und Minderwertigkeitskomplexe sind noch keine Literatur.

Wenn einer so überlegen tut, wäre zu überlegen, ob man ihn nicht überlegen soll.

Manche Menschen lesen überhaupt keine Bücher, sondern kritisieren sie.

Es ist bei den meisten eine Art Geltungstrieb, der sich da bemerkbar macht. Fast jeder Kritiker hält sich in der Viertelstunde, wo er seine Kritik aufpinselt, für einen kleinen Herrgott. Ein besonders übles Exemplar dieser Gattung hat einmal gesagt: »Ich wollte ja die Buchkritik längst aufgeben. Aber –« er sprach Dialekt, »aber man gibt doch nicht gern 's Peitscherl aus der Hand!« Es ist der Machttrieb. Ich habe ihn nie begriffen. Was ist denn das für ein Cäsarentum, das sich darin sonnt, wie hundert junger Autoren gelaufen kommen und um eine Besprechung bitten; wie sie den großen Meister, dessen Werke man so bewundere, anflehen … und die ganze türkische Musik. Und dann also setzt sich jener hin und verleiht kleine Nobelpreise, sehr von oben herunter – er nennt das: fördern.

Bei den großen Schneidern liegen manchmal Empfehlungen von Schustern und Hemdenmachern herum. So sehn unsre Buchkritiken aus.

Die Guten lassen leider fast überall eine Sitte durchgehen, die eine saubere Buchkritik auf das schärfste kompromittiert. Es ist da ein Lobgehudel ausgebrochen, das jede Empfehlung wertlos macht: es gibt keinen Verlag mehr, der nicht für jedes seiner Bücher ein Zeugnis vorweisen kann, wie es Dante, Balzac, Strindberg, Tolstoi und Dostojewski zusammen nicht bekommen haben. Das ist leicht erklärlich: es gehört nämlich gar nichts dazu, leere Ballons aufzupusten – und nichts wiegt leichter als diese kleinen Lobeshaufen, die man an jeder Straßenecke zusammenfegen kann. Da schreibt jeder über jedes, da wissen alle alles –. Aber es ist doch eine Lüge und ein Schwindel, wenn jede neue Verlagsentdeckung (»In Amerika 80 000 000 000 000 Exemplare verkauft«) vier, zehn, hundertundzehn Literaten findet, die nur darauf gewartet haben, dergleichen hochzuloben. Diese Snobs, die einen neuen Modeschriftsteller wie eine Krawatte tragen, sollte man nach Hause jagen – bald wird das Publikum auf kein Lob mehr hören und nichts mehr glauben, wenn man es so anlügt.

Meist lohnt es nicht, zu ›verreißen‹, wozu ein nur billiger Mut gehört – aber manchmal lohnt es, grundsätzlich etwas über ein Buch auszusagen, weil man dabei etwas lernen kann.

Ratschläge für einen schlechten Redner

Fang nie mit dem Anfang an, sondern immer drei Meilen *vor* dem Anfang! Etwa so:

»Meine Damen und meine Herren! Bevor ich zum Thema des heutigen Abends komme, lassen Sie mich Ihnen kurz …«

Hier hast du schon so ziemlich alles, was einen schönen Anfang ausmacht: eine steife Anrede; der Anfang vor dem Anfang; die Ankündigung, dass und was du zu sprechen beabsichtigst, und das Wörtchen kurz. So gewinnst du im Nu die Herzen und die Ohren der Zuhörer.

Denn das hat der Zuhörer gern: dass er deine Rede wie ein schweres Schulpensum aufbekommt; dass du mit dem drohst, was du sagen wirst, sagst und schon gesagt hast. Immer schön umständlich.

Sprich nicht frei – das macht einen so unruhigen Eindruck. Am besten ist es: du liest deine Rede ab. Das ist sicher, zuverlässig, auch freut es jedermann, wenn der lesende Redner nach jedem viertel Satz misstrauisch hochblickt, ob auch noch alle da sind.

Wenn du gar nicht hören kannst, was man dir so freundlich rät, und du willst durchaus und durchum frei sprechen … du Laie! Du lächerlicher Cicero! Nimm dir doch ein Beispiel an unsern professionellen Rednern, an den Reichstagsabgeordneten – hast du die schon mal frei sprechen hören? Die schreiben sich sicherlich zu Hause auf, wann sie »Hört! hört!« rufen … ja, also wenn du denn frei sprechen musst:

Sprich, wie du schreibst. Und ich weiß, wie du schreibst.

Sprich mit langen, langen Sätzen – solchen, bei denen du, der du dich zu Hause, wo du ja die Ruhe, deren du so sehr benötigst, deiner Kinder ungeachtet, hast, vorbereitest, genau weißt, wie das Ende ist, die Nebensätze schön ineinandergeschachtelt, so dass der Hörer, ungeduldig auf seinem Sitz hin und her träumend, sich in einem Kolleg wähnend, in dem er früher so gern geschlummert hat, auf das Ende solcher Periode wartet … nun, ich habe dir eben ein Beispiel gegeben. So musst du sprechen.

Fang immer bei den alten Römern an und gib stets, wovon du auch sprichst, die geschichtlichen Hintergründe der Sache. Das ist nicht nur deutsch – das tun alle Brillenmenschen. Ich habe einmal in der Sorbonne einen chinesischen Studenten sprechen hören, der sprach glatt und gut französisch, aber er begann zu allgemeiner Freude so: »Lassen Sie mich Ihnen in aller Kürze die Entwicklungsgeschichte meiner chinesischen Heimat seit dem Jahre 2000 vor Christi Geburt …« Er blickte ganz erstaunt auf, weil die Leute so lachten.

So musst du das auch machen. Du hast ganz recht: man versteht es ja sonst nicht, wer kann denn das alles verstehen, ohne die geschichtlichen Hintergründe

… sehr richtig! Die Leute sind doch nicht in deinen Vortrag gekommen, um lebendiges Leben zu hören, sondern das, was sie auch in den Büchern nachschlagen können … sehr richtig! Immer gib ihm Historie, immer gib ihm.

Kümmere dich nicht darum, ob die Wellen, die von dir ins Publikum laufen, auch zurückkommen – das sind Kinkerlitzchen. Sprich unbekümmert um die Wirkung, um die Leute, um die Luft im Saale; immer sprich, mein Guter. Gott wird es dir lohnen.

Du musst alles in die Nebensätze legen. Sag nie: »Die Steuern sind zu hoch.« Das ist zu einfach. Sag: »Ich möchte zu dem, was ich soeben gesagt habe, noch kurz bemerken, dass mir die Steuern bei weitem …« So heißt das.

Trink den Leuten ab und zu ein Glas Wasser vor – man sieht das gern.

Wenn du einen Witz machst, lach vorher, damit man weiß, wo die Pointe ist.

Eine Rede ist, wie könnte es anders sein, ein Monolog. Weil doch nur einer spricht. Du brauchst auch nach vierzehn Jahren öffentlicher Rednerei noch nicht zu wissen, dass eine Rede nicht nur ein Dialog, sondern ein Orchesterstück ist: eine stumme Masse spricht nämlich ununterbrochen mit. Und das musst du hören. Nein, das brauchst du nicht zu hören. Sprich nur, lies nur, donnere nur, geschichtele nur.

Zu dem, was ich soeben über die Technik der Rede

gesagt habe, möchte ich noch kurz bemerken, dass viel Statistik eine Rede immer sehr hebt. Das beruhigt ungemein, und da jeder imstande ist, zehn verschiedene Zahlen mühelos zu behalten, so macht das viel Spaß.

Kündige den Schluss deiner Rede lange vorher an, damit die Hörer vor Freude nicht einen Schlaganfall bekommen. (Paul Lindau hat einmal einen dieser gefürchteten Hochzeitstoaste so angefangen: »Ich komme zum Schluss.«) Kündige den Schluss an, und dann beginne deine Rede von vorn und rede noch eine halbe Stunde. Dies kann man mehrere Male wiederholen.

Du musst dir nicht nur eine Disposition machen, du musst sie den Leuten auch vortragen – das würzt die Rede.

Sprich nie unter anderthalb Stunden, sonst lohnt es gar nicht erst anzufangen.

Wenn einer spricht, müssen die andern zuhören – das ist deine Gelegenheit! Missbrauche sie.

[…]

IX

Geld

Warum lächelt die Mona Lisa
Weil sie
Hitkinsons Verdauungspastillen
eingenommen hat
und so
von ihrer lästigen Verstopfung
für immer befreit ist!
Wollen Sie
auch lächeln?
Dann …

Amerikanisches Inserat

Nationalökonomie ist, wenn die Leute sich wundern, warum sie kein Geld haben.

Und gehts gut, so ist der Kapitalist ein tüchtiger Kerl, auch zeigt dies, dass die Wirtschaft nicht auf private Initiative verzichten kann.

Gehts aber schief, so ist das ein elementares Ereignis, für das natürlich nicht der Nutznießer der guten Zeiten, sondern die Allgemeinheit zu haften hat.

Wirf den Bankier, wie du willst: er fällt immer auf dein Geld.

Wer weniger Geld hat als wir, dem fehlen die materiellen Voraussetzungen, das Leben voll zu genießen. Sicherlich schlummern auch im Arbeiter unerlöste kulturelle Bestrebungen, aber Sie müssen nicht vergessen, Herr Ministerialrat, die Tiefergestellten wollen vielleicht, aber sie können nicht. Ich bitte Sie, was haben denn diese Leute für Interessen!

Wer mehr Geld hat als wir, ist ein Trottel. Er hat wohl materiell alles, was er braucht, aber ihm fehlt doch unsre Kultur. Die neuen Reichen, Herr Ministerialrat, können alle, aber sie wollen ja gar nicht. Ich bitte Sie, was haben denn diese Leute für Interessen!

Die armen Reichen. Sie haben wirklich keine gute Presse.

Umschlag von Tucholskys
»Lerne lachen ohne zu weinen«

X

Die Nachrichten

Die Zeitung ist ein Geschäft? Aber sie ist schlimmer: ein von tausend Interessenten beeinflusstes Geschäft. Und äfft unter der Maske einer Zeitung eine Zeitung: bieder und noch atemlos von der Radiographie kommt die Nachricht angelaufen und berichtet, berichtet … Sie hat vorher die engsten Siebe passiert und was etwa Gefährliches, Unerwünschtes, Revoltierendes an ihr war, liegt zurückgeblieben oder gar nicht erst aufgeschrieben. Kommt dazu, dass die meisten Leute nur ein Blatt lesen, ihr Blatt …

Selbst die Nachrichten, die nicht in der Zeitung stehen, sind erlogen.

Zeitungskiosk in Berlin-Schöneberg, 1928

Warum machen sich eigentlich die Leute das Leben so schwer?

Die Leser müssen die ganze Zeitung durchfliegen, bis sie etwas gefunden haben, was sie interessiert – und die Journalisten müssen das alles schreiben … Warum? Wozu? Es geht viel einfacher.

Es hat sich doch nun im Lauf der Zeit herausgestellt, dass dieselben Ereignisse immer wiederkehren. Früher war es: »Paschitsch bildet ein neues Ministerium« … man konnte die Zeitung aufschlagen, wann immer man wollte –: stets bildete der alte Paschitsch ein neues Ministerium. Er muss 1003[1] gebildet haben.

Heute ist das nicht anders. Die Zeitung teilt uns in gefälliger Aufmachung nur das mit, was wir schon wissen. Wenn wir es aber schon wissen, dann fesselt doch nur noch die Menge des Geschehens und die Tatsache, dass es geschehen ist.

Vereinfachen wir uns also das Leben, den schwer geplagten Journalisten die Arbeit und dem Leser die Abendstunden und machen wir, weil wir sonst keine Sorgen haben, die

1 Anspielung auf Don Giovanni, von dem es in Mozarts gleichnamiger Oper heißt, er habe 1003 Liebschaften gehabt.

Tabellenzeitung

Gesetzlich geschützt

	Armbrüche	Beinbrüche	Hals- und Beinbrüche	Politische Wortbrüche	Zeppelinlandungen	Krachauf der Probe bei Brecht	Erschießung von Landesverrätern	Patriotische Rede eines Sozialisten für Anschluss	Pazifistische Rede eines Sozialisten
Deutschland	63	14	13	14 689 999 998	1	22	–	3144	–
Bayern	308	176 430	17 643 087	einer mehr	–	–	leider: –	683	–
England	76	21	2	–	1	–	–	–	–
Frankreich	19	22	–	14	1	–	1	–	–
China	12 467	24	3	20 000 000 000	1	–	1 000 000 000	–	–
Litauen	–	–	–	–	1	–	einer mehr	–	–
Neukölln	3	25	–	½	1	1	–	44	–

Zuversichtliche Haltung der Börse wegen der letzten Rede Briands	Zuversichtliche Haltung der Börse trotz der Rede Briands	Banditenüberfälle auf Expresszüge	Banditenüberfälle in Versicherungsgesellschaften	Zuchthausstrafen wegen Abtreibung	Zuchthausstrafen wegen Rechtsbeugung durch Richter	Filmpremieren
1	1	54	3	183 Jahre	–	456,3

Proteste Hugenbergs gegen den Youngplan: Unterschriften	Proteste Hugenbergs gegen den Youngplan: davon zurückgezogen	Hochzeiten und andere Unglücksfälle	Geburtstage: 60.	Geburtstage: 70.	Geburtstage: 120.	Geburtstage: aus Liebe	Revolverattentate wegen Geld	Revolverattentate wegen Geld aus Liebe	Einweihungsfeiern öffentlicher Häuser
2064	2065	1099	27	34	5	618	618	619	244

Die Industrie, die Partei, die Regierung, die Kirche – sie alle wissen, was sie an der Presse haben. Die Wirklichkeit, wie sie die Zeitung serviert, hat ein Sieb passiert. Was da steht, das ist nicht die Welt. Das ist:

Die Welt
Gekürzte Volksausgabe und für den Schulgebrauch bearbeitet.

Man sollte sich lieber an das Original halten.

Das Publikum hat seine Zeitung: ziemlich genau die, die es haben will. Wer in den Spiegel hineinschaut, darf sich nicht wundern, was da herausguckt. Er selber.

Lenzliche Leitartikel

›Kreuz-Zeitung‹

Der Lenz ist da. Auf den Feldern des deutschen Landmannes sprießt und wächst es, ernste Kirchenglocken mahnen zur Andacht, aber das Herz wird nicht so leicht den Frühling in sich einziehen lassen. Vergleicht man diesen republikanischen Lenz mit dem guten kaiserlichen Frühling, so wird jeder gute Deutsche feststellen, dass es da keine

Vergleichsmöglichkeit gibt. Dort hoffnungsfrohes Lenzgefühl in schimmernder Wehr, wie sie schon die alten Germanen kannten – hier eitel Dolchstoß, Barmat, Lüge und knechtseliges Hofieren von zur Macht gelangten Landesverrätern! Ein Blick in die Natur zeigt, woher allein das Heil kommen kann: aristokratisch wie die Natur, die nur die Herrschaft des Einen anerkennt, die Pöbelmassen rücksichtslos zu Boden stoßend, sei auch unser Land! Ein Volk, das fremde Fürsten importieren muss, ist zum Untergang verdammt. Wer, wie wir, dem angestammten Fürstenhaus in den schweren Tagen des Umsturzes die Treue gewahrt hat – – –

›*Rheinisch-Westfälische Zeitung*‹

Der Lenz ist da. Deutscher Frühling ist über die deutschen Lande gekommen, und echt deutsches Blühen sprüht aus deutschen Knospen. Die politische Situation sieht allerdings nicht so hoffnungsgrün aus. Die Sklaverei, in der der Feindbund Deutschland gefangen hält, sowie die Begehrlichkeit der Arbeiter wirft einen Schatten auf das frühlingshafte Gemälde. Ein Blick in die Natur zeigt, was Deutschland allein noch vom Untergang retten kann: Produktion und nochmal Produktion, und zwar eine solche, die sich nicht an den Acht-Stunden-Tag gebunden glaubt. Blüht der Kirschbaum nur acht Stunden? Bringen die Bienen nur acht Stunden den Honig ein? So wie der Generaldirektor eines Hüttenwerks unablässig, die Nacht zum Tage machend, für das Wohl der ihm unterstellten Arbeiter sorgt und die deutsche Wirtschaft fördert, so soll auch der deutsche Arbeiter einsehen, dass die Einflüsterungen, denen er unterliegt, von landfremder Seite herkommen. Eine Stärkung der Reichswehr, eine Erhöhung des Schutzzolles und eine scharfe, aber gerechte Lohnsteuer – das tut uns not!

›*Germania*‹

Der Lenz ist da. Durch Gottes unerforschliche Güte sprießt auch in diesem Jahr das frische Grün auf den Feldern, die ersten Maiglöckchen strecken ihre Köpfchen schüchtern aus der braunen Erde und lassen uns fragen, wer dies alles geschaffen hat, lassen uns dem Schöpfer für sein Werk danken. In die Frühjahrsglocken aber mischt sich die Sorge um das neue Schulgesetz, das leider nicht ganz so ausfallen wird, wie es die Interessen der katholischen Kirche verlangen. Solange es Eltern gibt, die die Möglichkeit haben, ihre Kinder ohne Religion aufwachsen zu lassen, solange steht es nicht gut um Deutschland! Der Terror der Freidenker nimmt groteske Formen an, die wir nicht dulden können. Ein Blick in die Natur belehrt uns, dass es dort keine Freiheit gibt – wir sehen Gebundenheit, wohin wir auch schauen –, also warum sollten sich die Menschen eine Freiheit anmaßen, die der

Herr seinen Kreaturen selbst nicht gönnt? Die Simultanschule bedeutet die Entfesselung eines neuen Kulturkampfes, den wir aufzunehmen entschlossen sind. Ver sacrum! Blicken wir in diese Natur, so sehen wir nirgends einen Lutherfilm, können also auch nicht dulden, dass ein solcher das deutsche Volk in seinen tiefsten Gefühlen verletze!

Generalanzeiger-Presse

Der Lenz ist da! Die kleinen Krokusblüten entfalten langsam ihre zierlichen Blätter, die ersten Schwalben schwirren durch die lenzliche Luft, und ein kleiner Schulbub hat uns gestern einen jungen Maikäfer auf unsern Redaktionstisch gesetzt! Der Hirt zieht mit seinen Schafen von Tal zu Tal, auch unsre Leser sind aus ihrem Winterschlaf erwacht, und junge Birken bedecken sich mit zartem Grün. Auch der Politiker hat alle Ursache, Ausschau zu halten ins weite Land. Wenn auch einerseits nicht geleugnet werden kann, dass Deutschland in den letzten Jahren wieder eine Stellung gegenüber dem Ausland erlangt hat, die wir nur begrüßen können, so muss doch andererseits gesagt werden, dass die republikanischen Staatsmänner nicht immer mit jener Vorsicht und diplomatischen Kunst zu Werke gegangen sind, die wir von ihnen verlangen dürfen und können. Herr Stresemann geht auch jetzt wieder nach Genf, aber eine Schwalbe macht noch keinen Sommer, und wenn auch nicht geleugnet werden soll, dass … so doch immerhin … aber auch andererseits …

›Vorwärts‹
Der Lenz ist da. Da zieht der klassenbewusste Arbeiter gern ins Grüne und vergisst für einige Stunden die ernste Berufsarbeit und die Fron des Lebens. Ein Blick in die dem Arbeiter vertraute Natur lehrt, woher allein das Heil kommen kann: aus der Zusammenarbeit aller für ein Gesamtziel, und auch die Natur, die keine Einzelführer kennt, sondern jede Gattung nur als Ganzes wirken lässt, bestätigt den Sozialismus und die Republik. Ohne etwa russische Experimente, deren Gefährlichkeit feststeht, billigen zu wollen, wird doch die Partei unerschütterlich, von staatsmännischem Kompromiss zu Kompromiss eilend, am Aufbau Deutschlands mitarbeiten, dem Völkerfrühling entgegen!

Modezeitschrift
Der Lenz ist da. Die Dame von Welt bevorzugt in diesem Jahr das leichte Kascha-Kostüm, das oben eine leicht erweiterte Linie gegen das vorige Jahr zeigt, unten aber streng zusammengerafft ist. Hellbraun, marinegrün und gendarmenblau sind die Farben des Frühlings. Die Schuhe für den Morgen sind aus leicht gefälteltem Bambusrohr, für den Vormittag ist

natürlich nur pockennarbiges Walfischleder möglich; für den frühen Nachmittag weiß gestepptes Bockleder, für den späten Nachmittag stumpfes Kalbleder, für den Abend Lackseide oder Alpacca-Chenille …

Der liebe Gott nach der Lektüre der Morgenzeitungen: »Dös wann i g'wusst hätt, nachher hätt i dös net erschaffn!«

XI
Karrieren

Lass dir von keinem Fachmann imponieren, der dir erzählt: »Lieber Freund, das mache ich schon seit zwanzig Jahren so!« – Man kann eine Sache auch zwanzig Jahre lang falsch machen.

Die Menschen sind so geartet: Wenn ihnen einer sagt, dass Herr X. befördert wurde, so imponiert ihnen das ungeheuer. Wer ihn befördert hat, danach fragen sie gar nicht.

Denn für die Arbeit ist der Mensch auf der Welt, für die ernste Arbeit, die wo den ganzen Mann ausfüllt. Ob sie einen Sinn hat, ob sie schadet oder nützt, ob sie Vergnügen macht (»Arbeet soll Vajniejen machen? Ihnen piekt er woll?«) –: das ist alles ganz gleich. Es muss eine Arbeit sein. Und man muss morgens hingehen können. Sonst hat das Leben keinen Zweck.

Man braucht nichts zu sein – man muss etwas werden. Der Vorgesetzte hat immer recht. Wenn du Geld verdienst, such dir gleichzeitig eine Philosophie dazu, die dir ›recht‹ gibt. Du brauchst dir nie vorzustellen, wie dem andern zu Mute ist; tu so, als ob du allein auf der Welt wärest. Es ist alles nicht so schlimm. Herrschaft verleiht Rechte, nicht Pflichten.

Ich predigte Abschaffung jeder Autorität? Aber gar nicht. Ich predige Abschaffung des Grundübels unseres Volkes, Herrscher und Vorgesetzte zu sehen, wo (sachlich!) Leitende sein sollten. Sagt mir der Leiter meines Unternehmens, der es besser weiß als ich, ich solle das und das tun, so tu ich es. Auch gegen meine Überzeugung. Will er mich ducken, naht er mir mit unnahbarer Würde, so lach ich ihn aus. Das könnt ihr nicht? Das könntet ihr nicht, Angestellte, Beamte, Söhne, Töchter, Neffen, Gesellen, Schwestern, Diener? Ihr könnt, wenn ihr nur wollt. Wollt endlich!

Die kleinen Könige – und noch mehr die kleinen Königinnen – müssen herunter von ihren Thronen. Jeder Deutsche sollte wissen und fühlen, dass er – persönlich – frei ist. Verschwende ich viel Pathos an eine kleine Sache? Aber es ist keine kleine Sache, unter der Tausende und Tausende seufzen.

Die zuständige Ration Verstand des Deutschen teilt das Land horizontal in zwei Lager ein: oben die Ämter, unten der Untertan. Und glaubt dabei, die Ämter seien vom Mond heruntergefallen und die Beamten dazu, und all das bedrücke mit seinen Stempeln, seinem Schnauzton und seiner langweiligen Unfähigkeit die arme unschuldige Bürgerschaft.

Dass der Beamte aber auch ein Teil der Nation ist, dass er nur Symptom und kein Urphänomen ist, und dass jeder Beamte den andern Beamten gegenüber wiederum Bürger ist: das hat sich noch nicht herumgesprochen.

Der deutsche Beamte stellt nur die Beschaffenheit des Deutschen dar, die eintritt, wenn dieser Deutsche für sein Leben durch eine feste Anstellung versorgt ist und durch den geheimnisvollen Prozess der Souveränitätsübertragung gleichzeitig in die Lage gebracht wird, Willensäußerungen seiner Person als allgemein gültig mit Gewalt durchsetzen zu können. Er ist also nichts als jeder andre Deutsche auch, nur eben spezifisch bedingt. Die Wollust, regieren zu dürfen und als Äquivalent für die gebotene Nachgiebigkeit dem ›Vorgesetzten‹ gegenüber hundert Petenten in den Rücken treten zu dürfen, bringt einen eignen Geisteszustand hervor, der jene seltsame Mischung von Nero und einem Zigarrenhändler in die Welt gesetzt hat.

Dienstzeugnis

Herr Thomas Mann war bei mir achtunddreißig Jahre lang als Erster Buchhaltungskonzipist in Stellung. Ehrlich und fleißig, von stets gemessenem Auftreten und von sauberstem Äußeren, hat er die ihm aufgetragenen Arbeiten immer mit der größten Akkuratesse und der peinlichsten Korrektheit, wenn auch hier und da mit einem sonderbaren Anflug von Traurigkeit ausgeführt. Seinen einzigen Urlaub nahm er bei seiner Konfirmation; seitdem ist er ununterbrochen derselbe geblieben: arbeitsam, treu und pünktlich. Er verlässt unser Haus auf eignen Wunsch, um sich fortan ganz der Fischerei zu widmen, an die ihn viele Bände fesseln. Ich kann Herrn Thomas Mann, der sozusagen ein durchaus zuverlässiger Künstler ist, nur allerseits bestens empfehlen.

XII

Der Deutsche an sich

Das deutsche Schicksal: vor einem Schalter zu stehn. Das deutsche Ideal: hinter einem Schalter zu sitzen.

Wegen ungünstiger Witterung fand die deutsche Revolution in der Musik statt.

Was die Anekdoten angeht, so wäre nur zu melden, dass Valentin gesagt hat »I sag gar nix – dees wird ma doch noch sagn dürfen!« und die von dem Mann, der an der Kaiser Wilhelm Gedächtnis-Kirche Flugblätter verteilt hat. Der Schupo: »Was machen Sie hier? Was? Zeigen Sie mal! Da steht ja nichts ... und auf der Rückseite auch nichts! Was soll denn das heißen?« – Der Zettelverteiler: »Die Leute werden schon verstehen.«

Einigkeit und Recht und Freiheit

Was die Freiheit ist bei den Germanen,
die bleibt meistens schwer inkognito.
Manche sind die ewigen Untertanen,
möchten gern und können bloß nicht so.

Denn schon hundert Jahr
trifft dich immerdar
ein geduldiger Schafsblick durch die Brillen.
Doof ist doof.
Da helfen keine Pillen.

Was Justitia ist bei den Teutonen,
die hat eine Binde obenrum.
Doch sie tut die Binde gerne schonen,
und da bindt sie sie nicht immer um.
Unten winseln die
wie das liebe Vieh.
Manche glauben noch an guten Willen …
Doof ist doof.
Da helfen keine Pillen.

Was die Einigkeit ist bei den Hiesigen,
die ist vierundzwanzigfach verteilt.
Für die Länder hat man einen riesigen
Schreibeapparat gefeilt:
Hamburg schießt beinah
sich mit Altona;
Bayern zeigt sich barsch,
ruft: »Es lebe die Republik!«
Jeder denkt nur gleich
an sein privates Reich …
Eine Republike wider Willen.
Deutsch ist deutsch.
Da helfen keine Pillen.

10. August

Das für heute früh 8.30 Uhr angesetzte Chaos ist durch eine Notverordnung der Regierung auf morgen verschoben worden.

Tief verwurzelt im Deutschen der Drang in Reih und Glied zu stehen, oder vielmehr die andern in Reih und Glied stehen zu lassen. Dieses Volk liebt es, Vorschriften zu ersinnen, die immer für die andern gelten.

Der Deutsche fährt nicht wie andere Menschen. Er fährt, um recht zu haben. Dem Polizisten gegenüber; dem Fußgänger gegenüber, der es übrigens ebenso treibt – und vor allem dem fahrenden Nachbarn gegenüber. Rücksicht nehmen? um die entscheidende Spur nachgeben? auflockern? nett sein, weil das praktischer ist? Na, das wäre ja …

Kino-Atelier

Da vorne klemmt ein Jraf sich das Monokel
platt ins Gesicht – die Bogenlampe zischt.
Ein Gazefräulein steht auf einem Sockel –
der dicke Regisseur brüllt: »Das is nischt!«

Zweihundertvierzig Mädchen trippeln zierlich
auf einer Treppe, steil bis unters Dach –
Ein kleines dickes Baby schluckt manierlich
die Milch –
der Chef macht mit der Diva Krach.

In dieser Ecke stößt ein Intrigante
dem Helden – brr! – das Messer in den Bauch.
In jener Ecke spritzt die gute Tante
der böse Neffe mit dem Gartenschlauch.

Die Dirne lümmelt sich an ihren Buhlen.
Der Herr Beleuchter macht sich nichts daraus
und knipst behufs Erzeugung einer schwulen
Verführungsszene eine Lampe aus.

Und wenn ich mir dies Atelier bekieke,
voll Kitsch und Lärm und Rummel, Schmerz
und Spaß –:
dann seh ich vor mir unsre Politike.
Da spielt auch jeder nur die eigene Musike –
und an das Ganze denkt kein Aas.

Bürgerliches Zeitalter

Ach, Muse, pack die rote Fahne ein!
Und roll sie säuberlich zusammen.
Die alten Ideale tu darein –
die können keinen mehr entflammen.
Die Barrikade und der Aufruhrschrei:
das ist vorbei.

Die Internationalen prügeln sich.
Ums Marx-Bild flicht die Immortellen[1].
Revolutionen werden bürgerlich,
der Geist fuhr in die Lohntabellen.
Es kloppen viele fürs Proletariat
den Danton-Skat.

Und während mild sich kabbeln die Partein
und Weltreformer teutsch und indisch quarren:
schluckt ein Kartell den ganzen Laden ein
und lächelt über hunderttausend Narren.
Dem Staate bleibt ein Pleitemonopol
und das Symbol.

Pust, großer Heros, deine Fackel aus!
Die Zeit braucht keine Helden – nur Beamte.
Verkriech dich in dein Mietskasernenhaus,
zu dem dich Gott (und ein Konzern) verdammte.

1 Strohblumen.

In Überlebensgröße schreiten
hoch über uns die Mittelmäßigkeiten …
Chronos[2], zurück! Mit deinen Horenschwestern!
Der Stil von morgen ist der Stil von gestern.
Adieu, adieu – Geist, Weimar und Idol!
Lebt wohl! Lebt wohl.

Heimat

> Aber einen Trost hast du immer, eine Zuflucht, ein Wegschweifen. Selbst auf Umgebungsflachheiten stehen Bäume, Wasseraugen schimmern dich an, Horizonte sind weit, und auch durch düstere Verhängung kommt noch Feldatem.
>
> Alfons Goldschmidt: ›*Deutschland heute*‹

Nun haben wir auf vielen Seiten Nein gesagt, Nein aus Mitleid und Nein aus Liebe, Nein aus Haß und Nein aus Leidenschaft – und nun wollen wir auch einmal Ja sagen. Ja –: zu der Landschaft und zu dem Land Deutschland.

Dem Land, in dem wir geboren sind und dessen Sprache wir sprechen.

Der Staat schere sich fort, wenn wir unsere *Heimat*

2 (griech.) Zeit. Griechischer Gott, oft fälschlich gleichgesetzt mit dem Titanen Kronos.

Tucholsky: »Deutschland, Deutschland über alles«, 1929
(Schutzumschlag von John Heartfield)

lieben. Warum grade sie – warum nicht eins von den andern Ländern –? Es gibt so schöne.

Ja, aber unser Herz spricht dort nicht. Und wenn es spricht, dann in einer andern Sprache – wir sagen ›Sie‹ zum Boden; wir bewundern ihn, wir schätzen ihn – aber es ist nicht das.

Es besteht kein Grund, vor jedem Fleck Deutschlands in die Knie zu sinken und zu lügen: wie schön! Aber es ist da etwas allen Gegenden Gemeinsames – und für jeden von uns ist es anders. [...]

Wir lieben es, trotz der schrecklichen Fehler in der verlogenen und anachronistischen Architektur, um die man einen weiten Bogen schlagen muss; wir versuchen, an solchen Monstrositäten vorbeizusehen; wir lieben das Land, obgleich in den Wäldern und auf den öffentlichen Plätzen manch Konditortortenbild eines Ferschten dräut –

lass ihn dräuen, denken wir und wandern fort über die Wege der Heide, die schön ist, trotz alledem.

Manchmal ist diese Schönheit aristokratisch und nicht minder deutsch; ich vergesse nicht, dass um so ein Schloss hundert Bauern im Notstand gelebt haben, damit dieses hier gebaut werden konnte – aber es ist dennoch, dennoch schön. Dies soll hier kein Album werden, das man auf den Geburtstagstisch legt; es gibt so viele. Auch sind sie stets unvollständig – es gibt immer noch einen Fleck Deutschland, immer noch eine Ecke, noch eine Landschaft, die der Fotograf nicht mitgenommen hat … außerdem hat jeder sein Privat-Deutschland. Meines liegt im Norden. Es fängt in Mitteldeutschland an, wo die Luft so klar über den Dächern steht, und je weiter nordwärts man kommt, desto lauter schlägt das Herz, bis man die See wittert. Die See – Wie schon Kilometer vorher jeder Pfahl, jedes Strohdach plötzlich eine tiefere Bedeutung haben … wir stehen nur hier, sagen sie, weil gleich hinter uns das Meer liegt – für das Meer sind wir da. Windumweht steht der Busch, feiner Sand knirscht dir zwischen den Zähnen …

Die See. Unvergesslich die Kindheitseindrücke; unverwischbar jede Stunde, die du dort verbracht hast – und jedes Jahr wieder die Freude und das »Guten Tag!« und wenn das Mittelländische Meer noch so blau ist … die deutsche See. Und der Buchenwald; und das Moos, auf dem es sich weich geht, dass der Schritt nicht zu hören ist; und der kleine Weiher, mitten im Wald, auf dem die Mücken tanzen – man kann die Bäume anfassen, und wenn der Wind in ihnen saust, verstehen wir seine Sprache. Aus Scherz hat dieses Buch den Titel *Deutschland, Deutschland über alles* bekommen, jenen törichten Vers eines großmäuligen Gedichts. Nein, Deutschland steht nicht über allem und ist nicht über allem – niemals. Aber *mit* allen soll es sein, unser Land. Und hier stehe das Bekenntnis, in das dieses Buch münden soll:

Ja, wir lieben dieses Land.

Und nun will ich euch mal etwas sagen:

Es ist ja nicht wahr, dass jene, die sich ›national‹ nennen und nichts sind als bürgerlich-militaristisch, dieses Land und seine Sprache für sich gepachtet haben. Weder der Regierungsvertreter im Gehrock, noch der Oberstudienrat, noch die Herren und Damen des Stahlhelms allein sind Deutschland. Wir sind auch noch da.

Sie reißen den Mund auf und rufen: »Im Namen Deutschlands …!« Sie rufen: »Wir lieben dieses Land, nur wir lieben es.« Es ist nicht wahr.

Im Patriotismus lassen wir uns von jedem übertreffen – wir fühlen international. In der Heimatliebe von niemand – nicht einmal von jenen, auf deren Namen das Land grundbuchlich eingetragen ist. Unser ist es.

Und so widerwärtig mir jene sind, die – umgekehrte Nationalisten – nun überhaupt nichts mehr Gutes an diesem Lande lassen, kein gutes Haar, keinen Wald, keinen Himmel, keine Welle – so scharf verwahren wir uns dagegen, nun etwa ins Vaterländische umzufallen. Wir pfeifen auf die Fahnen – aber wir lieben dieses Land. Und so wie die nationalen Verbände über die Wege trommeln – mit dem gleichen Recht, mit genau demselben Recht nehmen wir, wir, die wir hier geboren sind, wir, die wir besser deutsch schreiben und sprechen als die Mehrzahl der nationalen Esel – mit genau demselben Recht nehmen wir Fluss und Wald in Beschlag, Strand und Haus, Lichtung und Wiese: es ist unser Land. Wir haben das Recht, Deutschland zu hassen – weil wir es lieben. Man hat uns zu berücksichtigen, wenn man von Deutschland spricht, uns: Kommunisten, junge Sozialisten, Pazifisten, Freiheitliebende aller Grade; man hat uns mitzudenken, wenn ›Deutschland‹ gedacht wird … wie einfach, so zu tun, als bestehe Deutschland nur aus den nationalen Verbänden.

Deutschland ist ein gespaltenes Land. Ein Teil von ihm sind wir.

Und in allen Gegensätzen steht – unerschütterlich, ohne Fahne, ohne Leierkasten, ohne Sentimentalität und ohne gezücktes Schwert – die stille Liebe zu unserer Heimat.

XIII

Nationale Mistik

Das Dritte Reich

Es braucht ein hohes Ideal
der nationale Mann,
daran er morgens allemal
ein wenig turnen kann.
    Da hat denn deutsche Manneskraft
    in segensreichen Stunden
    als neueste Errungenschaft
    ein Ideal erfunden:
Es soll nicht sein das erste Reich,
es soll nicht sein das zweite Reich …

Das dritte Reich?
Bitte sehr! Bitte gleich!

Wir dürfen nicht mehr massisch sein –
wir müssen durchaus rassisch sein –
und freideutsch, jungdeutsch, heimatwolkig
und bündisch, völkisch, volkisch, volkig …
und überhaupt.
            Wers glaubt,
wird selig. Wer es nicht glaubt, ist
ein ganz verkommener Paz- und Bolschewist.

Das dritte Reich?
Bitte sehr! Bitte gleich!

Im dritten Reich ist alles eitel Glück.
Wir holen unsre Brüder uns zurück:
die Sudetendeutschen und die Saardeutschen
und die Eupendeutschen und die
Dänendeutschen …
Trutz dieser Welt! Wir pfeifen auf den Frieden.
Wir brauchen Krieg. Sonst sind wir nichts
hienieden.
Im dritten Reich haben wir gewonnenes Spiel.
Da sind wir unter uns.
Und unter uns, da ist nicht viel.
Da herrscht der Bakel und der Säbel und der
Stock –
da glänzt der Orden an dem bunten Rock,
da wird das Rad der Zeit zurückgedreht –
wir rufen »Vaterland!«, wenns gar nicht weiter
geht …
Da sind wir alle reich und gleich
im dritten Reich.
Und wendisch und kaschubisch reine Arier.

Ja, richtig … Und die Proletarier!
Für die sind wir die Original-Befreier!
Die danken Gott in jeder Morgenfeier –

Und merken gleich:
Sie sind genau so arme Luder wie vorher,
genau solch schuftendes und graues Heer,
genau so arme Schelme ohne Halm und Haber –
Aber:
im dritten Reich.

Und das sind wir.
Ein Blick in die Statistik:
Wir fabrizieren viel. Am meisten nationale Mistik.

Altes Lied 1794

Wenn in des Abends letztem Scheine
dir eine lächelnde Gestalt
am Rasensitz im Eichenhaine
mit Wink und Gruß vorüberwallt –:
Das ist des Freundes treuer Geist,
Der Freud' und Frieden dir verheißt.

Wenn bei des Vollmonds Dämmerlichte,
das zagend durch die Zweige sieht,
durch dunkeln Hain von Tann' und Fichte
ein fauliges Gerüchlein zieht –:
Das ist, was da so grauslich riecht,
Herr Goebbels, der vorüberfliecht.

Wenn bei dem Silberglanz der Sterne,
wenn schwarze Nacht herniederweint,
gleich Aeolsharfen aus der Ferne …
wenn dir dann gar kein Geist erscheint –:
Dies Phänomen, damit dus weißt,
das ist Herrn Adolf Hitlers Geist.

Hitler und Goethe

Ein Schulaufsatz

Einleitung

Wenn wir das deutsche Volk und seine Geschichte überblicken, so bieten sich uns vorzugsweise zwei Helden dar, die seine Geschicke gelenkt haben, weil einer von ihnen hundert Jahre tot ist. Der andre lebt. Wie es wäre, wenn es umgekehrt wäre, soll hier nicht untersucht werden, weil wir das nicht auf haben. Daher scheint es uns wichtig und beachtenswert, wenn wir zwischen dem mausetoten Goethe und dem mauselebendigen Hitler einen Vergleich langziehn.

Erklärung

Um Goethe zu erklären, braucht man nur darauf hinzuweisen, dass derselbe kein Patriot gewesen ist. Er hat für die Nöte Napoleons niemals einen Sinn gehabt und hat gesagt, ihr werdet ihn doch nicht besiegen, dieser Mann ist euch zu groß. Das ist aber nicht wahr. Napoleon war auch nicht der größte Deutsche, der größte Deutsche ist Hitler. Um das zu erklären, braucht man nur darauf hinzuweisen, dass Hitler beinah die Schlacht von Tannenberg gewonnen hat, er war bloß nicht dabei. Hitler ist schon seit langen Monaten deutscher Spießbürger und will das Privateigentum abschaffen, weil es jüdisch ist. Das was nicht jüdisch ist, ist schaffendes Eigentum und wird nicht abgeschaffen. Die Partei Goethes war viel kleiner wie die Partei Hitlers. Goethe ist nicht knorke.

Begründung

Goethes Werke heißen der Faust, Egmont erster und zweiter Teil, Werthers Wahlverwandtschaften und die Piccolomini. Goethe ist ein Marxstein des deutschen Volkes, auf den wir stolz sein können und um welchen uns die andern beneiden. Noch mehr beneiden sie uns aber um Adolf Hitler. Hitler zerfällt in 3 Teile: in einen legalen, in einen wirklichen und in Goebbels, welcher bei ihm die Stelle u. a. des Mundes vertritt. Goethe hat niemals sein Leben aufs Spiel gesetzt; Hitler aber hat dasselbe auf dasselbe gesetzt. Goethe war ein großer Deutscher. Zeppelin war der größte Deutsche. Hitler ist überhaupt der allergrößte Deutsche.

Gegensatz

Hitler und Goethe stehen in einem gewissen Gegensatz. Während Goethe sich mehr einer schriftstellerischen Tätigkeit hingab, aber in den Freiheitskriegen im Gegensatz zu Theodor Körner versagte, hat Hitler uns gelehrt, was es heißt, Schriftsteller und zugleich Führer einer Millionenpartei zu sein, welche eine Millionenpartei ist. Goethe war Geheim, Hitler Regierungsrat. Goethes Wirken ergoss sich nicht nur auf das Dasein der Menschen, sondern erstreckte sich auch ins kosmetische. Hitler dagegen ist Gegner der materialistischen Weltordnung und wird diese bei seiner Machtübergreifung abschaffen sowie auch den verlorenen Krieg, die Arbeitslosigkeit und das schlechte Wetter. Goethe hatte mehrere Liebesverhältnisse mit Frau von Stein, Frau von Sesenheim und Charlotte Puff. Hitler dagegen trinkt nur Selterwasser und raucht außer den Zigarren, die er seinen Unterführern verpasst, gar nicht.

Gleichnis

Zwischen Hitler und von Goethe bestehen aber auch ausgleichende Berührungspunkte. Beide haben in Weimar gewohnt, beide sind Schriftsteller und beide sind sehr um das deutsche Volk besorgt, um welches uns die andern Völker so beneiden. Auch hatten beide einen gewissen Erfolg, wenn auch der Erfolg Hitlers viel größer ist. Wenn wir zur Macht gelangen, schaffen wir Goethe ab.

Beispiel

Wie sehr Hitler Goethe überragt, soll in folgendem an einem Beispiel begründet werden. Als Hitler in unsrer Stadt war, habe ich ihn mit mehrern andern Hitlerjungens begrüßt. Der Osaf hat gesagt, ihr seid die deutsche Jugend, und er wird seine Hand auf euern Scheitel legen. Daher habe ich mir für diesen Tag einen Scheitel gemacht. Als wir in die große Halle kamen, waren alle Plätze, die besetzt waren, total ausverkauft und die Musik hat gespielt, und wir haben mit Blumen dagestanden, weil wir die deutsche Jugend sind. Und da ist plötzlich der Führer gekommen. Er hat einen Bart wie Chaplin, aber lange nicht so komisch. Uns war sehr feierlich zu Mute, und ich bin vorgetreten und habe gesagt Heil. Da haben die andern auch gesagt heil und Hitler hat uns die Hand auf jeden Scheitel gelegt und hinten hat einer gerufen stillstehn! weil es fotografiert wurde. Da haben wir ganz still gestanden und der Führer Hitler hat während der Fotografie gelächelt. Dieses war ein unvergesslicher Augenblick fürs ganze Leben und daher ist Hitler viel größer als von Goethe.

Beleg

Goethe war kein gesunder Mittelstand. Hitler fordert für alle SA und SS die Freiheit der Straße sowie dass alles ganz anders wird. Das bestimmen wir! Goethe als solcher ist hinreichend durch seine Werke belegt, Hitler als solcher aber schafft uns Brot und Freiheit, während Goethe höchstens lyrische Gedichte gemacht hat, die wir als Hitlerjugend ablehnen, während Hitler eine Millionenpartei ist. Als Beleg dient ferner, dass Goethe kein nordischer Mensch war, sondern egal nach Italien fuhr und seine Devisen ins Ausland verschob. Hitler aber bezieht überhaupt kein Einkommen, sondern die Industrie setzt dauernd zu.

Schluss

Wir haben also gesehen, dass zwischen Hitler und Goethe ein Vergleich sehr zu Ungunsten des letzteren ausfällt, welcher keine Millionenpartei ist. Daher machen wir Goethe nicht mit. Seine letzten Worte waren mehr Licht, aber das bestimmen wir! Ob einer größer war von Schiller oder Goethe, wird nur Hitler entscheiden und das deutsche Volk kann froh sein, dass es nicht zwei solcher Kerle hat!
Deutschlanderwachejudaverreckehitlerwirdreichs-
präsidentdasbestimmenwir!

Sehr gut!

XIV
Reisen bildet

Reisen bildet.

Es kommt freilich nicht darauf an, wo man seine Koffer hinträgt; es kommt darauf an, was man nach Hause bringt – im Kopf. Manche reisen durch die ganze Welt und kommen eine Kleinigkeit dümmer heim als der Nachtwächter von Messenthien. Ich kannte einen Kaufmann, der stak lange in Indien – seinem Intellekt nach hätte ich ihm kaum Magdeburg zugetraut.

Man ist in Europa ein Mal Staatsbürger und zweiundzwanzig Mal Ausländer. Wer weise ist: dreiundzwanzig Mal.

Je schlechter das Essen, desto lieblicher der maître d'hôtel, der sich über mich wie über einen Kranken beugt: ob es mir denn schmecke, und ob es mir munde, und ob ich zufrieden sei … Lieber Gott, gib mir doch den Mut, dass ich ihm einmal, nur ein einziges Mal, mit der Gabel in den Bauch pieke …!

Tucholsky in Comologno, August 1932,
mit Aline Valangin

Die Bretagne ist das Bayern Frankreichs. (Protest der Bretagne, Protest Bayerns, schwere internationale Verwicklung der beiden Staaten –.)

Eine Reisebeschreibung ist in erster Linie für den Beschreiber charakteristisch, nicht für die Reise. Worüber der Autor sich wundert, und noch mehr, worüber er sich nicht wundert – denn nichts ist für den Menschen so bezeichnend wie das, was ihm selbstverständlich erscheint –, worüber er lacht, und worüber er traurig ist, seine scherzhaften und seine pathetischen Bemerkungen, seine Landschaftsschilderungen: diese Dinge enthüllen zunächst einmal ihn selber.

Die Fähre schaukelte nicht grade – sie deutete das nur an. Auch ich deutete etwas an, und die Prinzessin befahl mich in den Speiseraum. Da saßen sie und aßen, und mir wurde gar nicht gut, als ich das sah – denn sie essen viel Fettes in Dänemark, und dieses war eine dänische Fähre. Die Herrschaften aßen zur Zeit: Spickaal und Hering, Heringsfilet, eingemachten Hering, dann etwas, was sie ›sild‹ nannten, ferner vom Baum gefallenen Hering und Hering schlechthin. Auf festem Land eins immer besser als das andre. Und dazu tranken sie jenen herrlichen Schnaps, für den die nordischen Völker, wie sie da sind, ins Himmelreich kommen werden. Die Prinzessin geruhte zu speisen. Ich sah ehrfürchtig zu; sie war essfest. »Du nimmst gar nichts?« fragte sie zwischen zwei Heringen. Ich sah die beiden Heringe an, die beiden Heringe sahen mich an, wir schwiegen alle drei. Erst als die Fähre landete, lebte ich wieder auf. Und die Prinzessin strich mir leise übers Knie und sagte ehrfürchtig: »Du bischa meinen kleinen Klaus Störtebeker!« und ich schämte mich sehr.

Die Kunst, falsch zu reisen

> Wem Gott will rechte Gunst erweisen,
> den schickt er in die –
> »Alice! Peter! Sonja! Legt mal die Tasche hier in das Gepäcknetz, nein, da! Gott, ob einem die Kinder wohl mal helfen! Fritz, iss jetzt nicht alle Brötchen auf! Du hast eben gegessen!«
> in die weite Welt!

Wenn du reisen willst, verlange von der Gegend, in die du reist, *alles*: schöne Natur, den Komfort der Großstadt, kunstgeschichtliche Altertümer, billige Preise, Meer, Gebirge – also: vorn die Ostsee und hinten die Leipziger Straße. Ist das nicht vorhanden, dann schimpfe.

Wenn du reist, nimm um Gottes willen keine Rücksicht auf deine Mitreisenden – sie legen es dir als Schwäche aus. Du hast bezahlt – die andern fahren alle umsonst. Bedenke, dass es von ungeheurer Wichtigkeit ist, ob du einen Fensterplatz hast oder nicht; dass im Nichtraucher-Abteil einer raucht, muss sofort und in den schärfsten Ausdrücken gerügt werden – ist der Schaffner nicht da, dann vertritt ihn einstweilen und sei Polizei, Staat und rächende Nemesis in einem. Das verschönt die Reise. Sei überhaupt unliebenswürdig – daran erkennt man den *Mann*.

Im Hotel bestellst du am besten ein Zimmer und fährst dann anderswohin. Bestell das Zimmer nicht ab; das hast du nicht nötig – nur nicht weich werden.

Bist du im Hotel angekommen, so schreib deinen Namen mit allen Titeln ein … Hast du keinen Titel …Verzeihung … ich meine: wenn einer keinen Titel hat, dann erfinde er sich einen. Schreib nicht: ›Kaufmann‹, schreib: ›Generaldirektor‹. Das hebt sehr. Geh sodann unter heftigem Türenschlagen in dein Zimmer, gib um Gottes willen dem Stubenmädchen, von dem du ein paar Kleinigkeiten extra verlangst, kein Trinkgeld, das verdirbt das Volk; reinige deine staubigen Stiefel mit dem Handtuch, wirf ein Glas entzwei (sag es aber keinem, der Hotelier hat so viele Gläser!), und begib dich sodann auf die Wanderung durch die fremde Stadt.

In der fremden Stadt musst du zuerst einmal alles

genauso haben wollen, wie es bei dir zu Hause ist – hat die Stadt das nicht, dann taugt sie nichts. Die Leute müssen also rechts fahren, dasselbe Telefon haben wie du, dieselbe Anordnung der Speisekarte und dieselben Retiraden. Im übrigen sieh dir *nur* die Sehenswürdigkeiten an, die im Baedeker stehen. Treibe die Deinen erbarmungslos an alles heran, was im Reisehandbuch einen Stern hat – lauf blind an allem andern vorüber, und vor allem: rüste dich richtig aus. Bei Spaziergängen durch fremde Städte trägt man am besten kurze Gebirgshosen, einen kleinen grünen Hut (mit Rasierpinsel), schwere Nagelschuhe (für Museen sehr geeignet), und einen derben Knotenstock. Anseilen nur in Städten von 500 000 Einwohnern aufwärts.

Wenn deine Frau vor Müdigkeit umfällt, ist der richtige Augenblick gekommen, auf einen Aussichtsturm oder auf das Rathaus zu steigen; wenn man schon mal in der Fremde ist, muss man alles mitnehmen, was sie einem bietet. Verschwimmen dir zum Schluss die Einzelheiten vor Augen, so kannst du voller Stolz sagen: ich habs geschafft.

Mach dir einen Kostenvoranschlag, bevor du reist, und zwar auf den Pfennig genau, möglichst um hundert Mark zu gering – man kann das immer einsparen. Dadurch nämlich, dass man überall handelt; dergleichen macht beliebt und heitert überhaupt die Reise auf. Fahr lieber noch ein Endchen weiter, als es dein Geldbeutel gestattet, und bring den Rest dadurch ein, dass du zu Fuß gehst, wo die Wagenfahrt angenehmer ist; dass du zu wenig Trinkgelder gibst; und dass du überhaupt in jedem Fremden einen Aasgeier siehst. Vergiss dabei nie die Hauptregel jeder gesunden Reise:

Ärgere dich!

Sprich mit deiner Frau nur von den kleinen Sorgen des Alltags. Koch noch einmal allen Kummer auf, den du zu Hause im Büro gehabt hast; vergiss überhaupt nie, dass du einen Beruf hast.

Wenn du reisest, so sei das erste, was du nach jeder Ankunft in einem fremden Ort zu tun hast: Ansichtskarten schreiben. Die Ansichtskarten brauchst du nicht zu bestellen: der Kellner sieht schon, dass du welche haben willst. Schreib unleserlich – das lässt auf gute Laune schließen. Schreib überall Ansichtskarten: auf der Bahn, in der Tropfsteingrotte, auf den Bergesgipfeln und im schwanken Kahn. Brich dabei den Füllbleistift ab und gieß Tinte aus dem Federhalter. Dann schimpfe.

Das Grundgesetz jeder richtigen Reise ist: *es muss was los sein* – und du musst etwas ›vorhaben‹. Sonst ist die Reise keine Reise. Jede Ausspannung von Beruf und Arbeit beruht darin, dass man sich ein genaues Programm macht, es aber nicht innehält – hast du es nicht innegehalten, gib deiner Frau die Schuld.

Verlang überall ländliche Stille; ist sie da, schimpfe, dass nichts los ist. Eine anständige Sommerfrische besteht in einer Anhäufung derselben Menschen, die du bei dir zu Hause siehst, sowie in einer Gebirgsbar, einem Oceandancing und einer Weinabteilung. Besuche dergleichen – halte dich dabei aber an deine gute, bewährte Tracht: kurze Hose, kleiner Hut (siehe oben). Sieh dich sodann im Raume um und sprich: »Na, elegant ist es hier gerade nicht!« Haben die andern einen Smoking an, so sagst du am besten: »Fatzkerei, auf die Reise einen Smoking mitzunehmen!« – hast *du* einen an, die andern aber nicht, mach mit deiner Frau Krach. Mach überhaupt mit deiner Frau Krach.

Durcheile die fremden Städte und Dörfer – wenn dir die Zunge nicht heraushängt, hast du falsch disponiert; außerdem ist der Zug, den du noch erreichen musst, wichtiger als eine stille Abendstunde. Stille Abendstunden sind Mumpitz; dazu reist man nicht.

Auf der Reise muss alles etwas besser sein, als du es zu Hause hast. Schieb dem Kellner die nicht gut eingekühlte Flasche Wein mit einer Miene zurück, in der geschrieben steht: »Wenn mir mein Haushofmeister den Wein so aus dem Keller bringt, ist er entlassen!« Tu immer so, als seist du aufgewachsen bei …

Mit den lächerlichen Einheimischen sprich auf alle Fälle gleich von Politik, Religion und dem Krieg. Halte mit deiner Meinung nicht hinterm Berg, sag alles frei heraus! Immer gib ihm! Sprich laut, damit man dich hört – viele fremde Völker sind ohnehin schwerhörig. Wenn du dich amüsierst, dann lach, aber so laut, dass sich die andern ärgern, die in ihrer

Dummheit nicht wissen, worüber du lachst. Sprichst du fremde Sprachen nicht sehr gut, dann schrei: man versteht dich dann besser.

Lass dir nicht imponieren.

Seid ihr mehrere Männer, so ist es gut, wenn ihr an hohen Aussichtspunkten etwas im Vierfarbendruck singt. Die Natur hat das gerne.

Handele. Schimpfe. Ärgere dich. Und mach Betrieb.

Die Kunst, richtig zu reisen

Entwirf deinen Reiseplan im großen – und lass dich im einzelnen von der bunten Stunde treiben.

Die größte Sehenswürdigkeit, die es gibt, ist die Welt – sieh sie dir an.

Niemand hat heute ein so vollkommenes Weltbild, dass er alles verstehen und würdigen kann: hab den Mut, zu sagen, dass du von einer Sache nichts verstehst.

Nimm die kleinen Schwierigkeiten der Reise nicht so wichtig; bleibst du einmal auf einer Zwischenstation sitzen, dann freu dich, dass du am Leben bist, sieh dir die Hühner an und die ernsthaften Ziegen, und mach einen kleinen Schwatz mit dem Mann im Zigarrenladen.

Entspanne dich. Lass das Steuer los. Trudele durch die Welt. Sie ist so schön: gib dich ihr hin, und sie wird sich dir geben.

XV
Schnipsel und Geschnipseltes

Die Deutschen haben zwar nicht das Pulver erfunden, wohl aber die Philosophie des Pulvers.

Zum Mann, der in der Nase bohrt: »Suchen Sie was bestimmtes?«

Der Mensch ist ein Wesen, das klopft, schlechte Musik macht und seinen Hund bellen lässt. Manchmal gibt er auch Ruhe – aber dann ist er tot.

Aufgabe mit imaginären Größen:

1 sozialdemokratische Partei hat in 8 Jahren 0 Erfolge. In wieviel Jahren merkt sie, dass ihre Taktik verfehlt ist?

Zur Rassenfrage. Die Blonden sind ganz umgängliche Menschen. Aber die Dunkeln, die gern blond sein möchten …!

Es gibt Leute, die wollen lieber einen Stehplatz in der ersten Klasse als einen Sitzplatz in der dritten. Es sind keine sympathischen Leute.

Man fällt selten über seine Fehler. Man fällt meistens über seine Feinde.

Die Staatsanwälte? Die reagieren ihr Liebesleben im Gerichtssaal ab.

Der Zustand der gesamten menschlichen Moral lässt sich in zwei Sätzen zusammenfassen: We ought to. But we don't.

Das Englische ist eine einfache, aber schwere Sprache. Es besteht aus lauter Fremdwörtern, die falsch ausgesprochen werden.

Einst wurde Roda Roda von Freunden herausgefordert: er könne ja vieles erreichen, aber eines nicht. Nie, niemals würde er den ersten Platz im Kürschner einnehmen. Das Jahr ging zu Ende, der neue Kürschner erschien, und am Anfang stand:

Aaba, siehe Roda Roda.
(Wobei besonders schön das fürsorgliche Doppel-A ist: damit auch ja nichts passieren kann.) Aaba Aaba aber steht auch heute noch an erster Stelle in ›*Kürschners Literaturkalender*‹.

Vorsätze

Ich will den Gänsekiel in die schwarze Flut tauchen. Ich will einen Roman schreiben. Schöne, wahre Menschen sollen auf den Höhen des Lebens wandeln, auf ihrem offenen Antlitz soll sich die Freiheit widerspiegeln …

Nein. Ich will ein lyrisches Gedicht schreiben. Meine Seele werde ich auf sammetgrünem Flanell betten, und meine Sorgen werden kreischend von dannen ziehen …

Nein. Ich will eine Ballade schreiben. Der Held soll auf blumiger Au mit den Riesen kämpfen, und wenn die Strahlen des Mondes auf seine schöne Prinzessin fallen, dann …

Ich will den Gänsekiel in die schwarze Flut tauchen. Ich werde meinem Onkel schreiben, dass ich Geld brauche.

Es war einmal ein Kaiser, der über ein unermesslich großes, reiches und schönes Land herrschte. Und er besaß wie jeder andere Kaiser auch eine Schatzkammer, in der inmitten all der glänzenden und glitzernden Juwelen auch eine Flöte lag. Das war aber ein merkwürdiges Instrument. Wenn man nämlich durch eins der vier Löcher in die Flöte hineinsah – oh! was gab es da alles zu sehen! Da war eine Landschaft darin, klein, aber voll Leben: Eine Thomasche Landschaft mit Böcklinschen Wolken und Leistikowschen Seen. Reznicieksche Dämchen rümpften die Nasen über Zillesche Gestalten, und eine Bauerndirne Meuniers trug einen Arm voll Blumen Orliks – kurz, die ganze moderne Richtung war in der Flöte.

Und was machte der Kaiser damit? Er pfiff drauf.

Man achte immer auf Qualität. Ein Sarg zum Beispiel muss fürs Leben halten.

Wenn die Maschinen, die die Menschen so im Lauf der Zeit erfunden haben, nun auch noch funktionierten: was wäre das für ein angenehmes Leben –!

Langweilig ist noch nicht ernsthaft.

Im Kriege habe ich einmal diesen Satz gehört: »Die Bohnensuppe ist das Klavier des kleinen Mannes.«

Der Angestellte lebt von seinem kärglichen Gehalt sowie von der durch nichts zu erschütternden Überzeugung, dass es ohne ihn im Betriebe nicht gehe.

Sie ließ sich beizeiten von ihm scheiden, weil er Witze um die entscheidende Nuance zu langsam erzählte.

Das beste Wort über künstlerische Wirkung stammt von S. J.[1] »Erfolg ist Missverständnis«, sagte er.

Schade übrigens, dass der Papst kein Katholik ist.

Wenn jetzt einer hereinkäme und mich fragte: »Sagen Sie mal, was machen Sie eigentlich hier –?« ich müsste antworten:

»Ich vertreibe mir so mein Leben.«

1 Siegfried Jacobsohn.

Warum halten eigentlich die meisten Menschen so gern Reden?

Wie ich glaube, deshalb, weil dies die einzige Art und Weise ist, in der sie sich die Illusion verschaffen können, dass ihnen die anderen zuhören.

Sie sprach so viel, dass ihre Zuhörer davon heiser wurden.

In meinen Mußestunden – es sind deren nicht so furchtbar wenig – treibe ich das blödsinnigste Zeug. Ich lese zum Beispiel Bücher …

Verleger sind keine Menschen. Sie tun nur so.

Die gute alte Zeit hats nie gegeben. Die schlechte neue? Allemal.

Nur der Unbegabte stiehlt, der Kluge macht Geldgeschäfte.

Wer in einem blühenden Frauenkörper das Skelett zu sehen vermag, ist ein Philosoph. Brüste sind hübscher.

Lügen haben kurze Beine, viele Frauen auch, das beweist also nichts.

Die Generation, mit der ich groß geworden bin, wird jetzt dick.

In Deutschland wird nicht bestochen. In Deutschland wird beeinflusst.

Die Nation ist der Abfalleimer aller Gefühle, die man anderswo nicht unterbringen kann.

Disseplin muss sind.

Der Weg zur Vollendung? Bitte zweiten Gang, die erste Tür rechts.

Auch taube Nüsse wollen geknackt sein.

Die menschliche Dummheit ist international.

Ein Tyrann macht viele.

Zwischen Ungezogenheiten und würdeloser Kriecherei gibt es einen dritten Weg. Den der Menschlichkeit.

Die Apotheke ist das Heiligenbild des ungläubigen kleinen Mannes.

Ein skeptischer Katholik ist mir lieber als ein gläubiger Atheist.

Kopf ab zum Gebet!

Kitsch ist das Echo der Kunst.

Neben manchem andern sondern die Menschen auch Gesprochenes ab. Man muss das gar nicht so wichtig nehmen.

An dem ›goldnen deutschen Humor‹ ist so viel Messing. Lasst uns von Zeit zu Zeit die paar Goldkörner, die im Ledersäckchen ruhen, heimlich herausnehmen, sie betrachten und selig lächeln.

Die Welt verachten – das ist sehr leicht und meist ein Zeichen schlechter Verdauung. Aber die Welt verstehen, sie lieben und dann, aber erst dann, freundlich lächeln, wenn alles vorbei ist –: das ist Humor.

Lest Bücher! Sie sind kleine Inseln der Freiheit im Meer der Zensur.

XVI
Beschluss

Lieber Leser, alles stimmt nicht und kann nicht stimmen. Schüttle nicht gleich mit dem Kopf, wenn es bei dir ein bisschen anders ist – das ist ein Zufall. Wenn du aber sagst: »Das muss ich ausschneiden und Herrn Neumann schicken, dem alten Kamel!« – dann ist der Autor, wenn man von dem nicht übermäßig berechneten Honorar absieht, reichlich belohnt.

Kurt Tucholsky in Paris, 1928

Textnachweise

Die Texte der vorliegenden Ausgabe wurden behutsam der neuen Rechtschreibung angeglichen. Sie folgen unter Angabe von Band- und Seitenzahl der Edition:

Kurt Tucholsky: Gesammelte Werke in 10 Bänden. Hrsg. von Mary Gerold-Tucholsky und Fritz J. Raddatz. Reinbek bei Hamburg: Rowohlt, 1975.

Briefe Tucholskys werden mit der Sigle B und Seitenzahl zitiert nach:

Kurt Tucholsky: Ausgewählte Briefe 1913–1935. Reinbek bei Hamburg: Rowohlt, 1962.

Eine neue umfangreiche Werkausgabe ist ebenfalls bei Rowohlt erschienen:

Kurt Tucholsky: Gesamtausgabe. Texte und Briefe. Hrsg. von Antje Bonitz, Dirk Grathoff, Michael Hepp und Gerhard Kraiker. 22 Bde. Reinbek bei Hamburg: Rowohlt, 1996 ff.

I

Start

15 5,434. | **16** 6,7. | **17** B,224.

II

Der Mensch

18 1 4,188. | 2 9,230 f. | **21** 4,187. | **22** 1 4,248. | 2 1,77. | **23** 1 B,143. | 2 6,320 f. | **25** 4,184 f. | **28** 3,9. | **29** 4,203 ff. | **33** 4,146 f. | **37** 7,238 f. | **38** 9,152.

III

Die Familie

40 3,307 f. | **44** 9,307.

IV

Der wilde Affentanz der Geschlechter

46 1 3,164. | 2 3,7. | **47** 9,93. | **48** 1 10,108. | 2 5,350. | **49** 6,223 f. | **51** 8,92.

V

Reich der Wissenschaft

53 1,316 f. | **54** 3,249 ff. | **59** 6,124. | **60** 8,114. | **61** 9,152 f.

VI

Auf dem Büchertisch

64 1 8,155. | 2 8,116. | 3 1,129. | **66** 1,172. | **67** 1,319 f. | **68** 9,273. | **70** 9,175–179. | **77** 1,255 ff. | **83** 6,229 f.

VII

Satire

86 2,42 ff. | **89** 1 2,171 f. | 2 10,160. | **90** 1 10,49. | 2 7,83–90.

VIII

Von Feinden und Kritikern

106 1 8,155. | 2 6,101. | **108** 1 8,173. | 2 9,314. | 3 9,309. | **109** 6,57. | **110** 8,290 ff.

IX

Geld

114 1 7,294. | 2 9,287. | 3 10,104. | **115** 5,17.

X

Die Nachrichten

117 4,279. | **118** 7,230 f. | **120** 1 3,67. | 2 6,94. | 3 6,79 ff.

XI

Karrieren

126 1 10,49. | 2 10,109. | 3 3,337. | **127** 1 3,428 f. | 2 10,176. | **128** 3,165. | **129** 4,54.

XII

Der Deutsche an sich

130 1 8,148. | 2 8,346. | 3 B,281. | 4 5,175 f. | **132** 1 9,249. | 2 2,374. | 3 7,307. | **133** 2,191. | **134** 3,160 f. | **135** 7,312 ff.

XIII

Nationale Mistik

141 8,127 f. | **143** 10,74. | **144** 10,78 ff.

XIV

Reisen bildet

149 1 10,183. | 2 3,513. | 3 6,65. | **151** 1 4,248. | 2 4,101. | 3 9,15 f. | **152** 7,115–118.

XV

Schnipsel und Geschnipseltes

158 1 8,147. | 2 Ebd. | 3 Ebd. | 4 4,488. | 5 10,48. |
159 1 10,48. | 2 Ebd. | 3 B,165. | 4 9,181. | 5 Ebd. | 6 6,99. |
160 1,39. | **161** 1 1,39. | 2 10,20. | 3 9,289. | **162** 1 9,289. |
2 10,82. | 3 8,236. | 4 Ebd. | 5 Ebd. | 6 B,281. | 7 5,111. |
163 1 8,191. | 2 9,213. | 3 B,87. | 4 3,98. | 5 7,37. | 6 5,76. |
164 1 3,311. | 2 9,273. | 3 3,103. | 4 10,18. | 5 6,159. | 6 6,134. |
7 6,155. | **165** 1 1,175. | 2 9,318. | 3 5,275. | 4 2,430. | 5 8,220. |
6 10,61. | 7 3,437. | 8 10,105 | **166** 1 9,324. | 2 5,277. | 3 5,415. |
4 9,214.

XVI

Beschluss

167 3,495.

Verzeichnis der Abbildungen